Petrus Paparrégopoulos

De casus in contractibus pactis que effectu in jure romano atque byzantino

...

Antigónos

Petrus Paparrégopoulos

De casus in contractibus pactis que effectu in jure romano atque byzantino

...

Réimpression inchangée de l'édition originale de 1839.

1ère édition 2024 | ISBN: 978-3-38605-734-9

Antigonos Verlag est une marque de Outlook Verlagsgesellschaft mbH.

Verlag (Éditeur): Outlook Verlag GmbH, Zeilweg 44, 60439 Frankfurt, Deutschland
Vertretungsberechtigt (Représentant autorisé): E. Roepke, Zeilweg 44, 60439 Frankfurt, Deutschland
Druck (Imprimerie): Libri Plureos GmbH, Friedensallee 273, 22763 Hamburg, Deutschland

DE CASUS

IN CONTRACTIBUS PACTIS QUE EFFECTU
IN JURE ROMANO ATQUE BYZANTINO

DISSERTATIO

QUAM

CONSENTIENTE ILLUSTRISSIMO JURISCONSULTORUM
ORDINE IN ACADEMIA

RUPERTO—CAROLA

PRO SUMMIS IN UTROQUE JURE HONORIBUS
CAPESSENDIS

SCRIPSIT

PETRUS PAPARRIGOPULOS.

« Πάντα δοκιμάζετε· τὸ καλὸν κατέχετε. »
Παύλου τοῦ Ἀπος. πρὸς Θεσσαλονικεῖς
Ἐπις. Α. Κεφ. Ε. ἰδ. 21.

ATHENIS,
TYPIS C. RHALLIS.
MDCCCXXXIX.

ΤΩΙ

ΣΕΒΑΣΤΩΙ ΚΑΙ ΦΙΛΤΑΤΩΙ ΜΟΙ

ΚΩΝΣΤΑΝΤΙΝΩΙ Δ. ΣΧΙΝΑ

ΤΟ ΔΟΚΙΜΙΟΝ ΤΟΥΤΟ

ΑΝΑΤΙΘΗΜΙ

ΠΡΟΛΟΓΟΣ.

Τὸ δοκίμιον τοῦτο ἐγράφη ἀμέσως μετὰ τὰς ἐνώπιον τῆς ἐν Ἐϊδελβέργῃ νομικῆς σχολῆς ἐξετάσεις μου καὶ πρὸς συμπλήρωσιν αὐτῶν. Ἡ σχολὴ ἐκείνη μὲ ἐπέτρεψε νὰ τὸ γράψω Ἑλληνιστὶ διὰ νὰ κατασταθῇ εὐχρηστότερον εἰς τοὺς περὶ τὰ τοιαῦτα ἀσχολουμένους ὁμογενεῖς. Πραγματευόμενος δὲ τὸ ζήτημα εἰς τὴν πάτριον γλῶσσαν, ἐνόμισα χρέος μου νὰ δώσω τὴν λύσιν αὐτοῦ καὶ κατὰ τὸ ἐν Ἑλλάδι ἰσχύον βυζαντινὸν δίκαιον, εὔελπις, ὅτι τὸ ἔργον θέλει ἀποκτήσει τοιουτοτρόπως ὁπωσοῦν περισσότερον διάφορον. Ἀλλὰ ζῶν μακρὰν τῆς Ἑλλάδος καὶ διδαχθεὶς τὴν ἐπιστήμην εἰς ξένην γλῶσσαν, ἦτο ἀδύνατον νὰ ἠξεύρω τοὺς διὰ τὰ διάφορα τῆς ἐπιστήμης ἀντικείμενα ἐν μέρει μὲν ἀνευρεθέντας ἐν μέρει δὲ καὶ δημιουργηθέντας τεχνικοὺς ὅρους· τούτου ἔνεκα ἠναγκάσθην νὰ ἀναζητήσω τοὺς εἰς τὸ βυζαντινὸν δίκαιον εὑρισκομένους, ἀφ' ἑνὸς μὲν διὰ νὰ ἀποφύγω τὸν ὄχι σπανίως ἀτυχῆ πρὸς κατασκευὴν λέξεων ἀγῶνα, ἀφ' ἑτέρου δὲ ἐλπίζων, ὅτι τινὲς ἐκ τῶν ὅρων τούτων δὲν θέλουσεν ἴσως φανῆ ἐντελῶς ἀνάξιοι παραδοχῆς. Περὶ δὲ τὴν ἐργασίαν ταύτην μ' ἐβοήθησεν ἰδίως ἡ ἀκριβὴς τῶν πηγῶν τοῦ Βυζαντινοῦ δικαίου γνῶσις τοῦ ἀξιοτίμου φίλου μου Ἐδουάρδου Ζαχαρίαι.

Χρεωστῶ πρὸς τούτοις νὰ προσθέσω σύντομον ἐξήγησιν περὶ τῶν παραθέσεων τῶν πηγῶν τοῦ Ῥωμαϊκοῦ δικαίου. Συνήθως εἰς τὴν Γερμανίαν αἱ πηγαὶ αὗται παρατίθενται προτιθεμένων τῶν τεμαχίων (Lex, ὡς τὰ ὀνομάζουσι πολλοί, ἀδίκως βέβαια) ἐξ ὧν συνίσταται τὸ Corpus juris, ἐπομένου ἀμέσως τοῦ θέματος τοῦ τεμαχίου καὶ ἐν τέλει τοῦ βιβλίου καὶ τίτλου, ἐν οἷς τὸ τεμάχιον εὑρίσκεται. Ἀλλ' ὁ τῆς παραθέσεως οὗτος τρόπος, ἐναντίος τοῦ παραδεδεγμένου ὡς πρὸς τοὺς κλασσικοὺς τῆς ἀρχαιότητος συγγραφεῖς, δὲν εἶναι βεβαίως εὔλογος, καθ' ὅτι ὁ ἀναζητῶν τὰς παραθέσεις ἀπαντᾶ κατὰ πρῶτον τὸν ἀριθμὸν τοῦ τεμαχίου, ἀριθμὸν ἄχρηστον εἰς αὐτόν, μὴ γνωρίζοντα εἰσέτι τὸν τοῦ βιβλίου καὶ τίτλου, ἔνθα τὸ τεμάχιον κεῖται. Ἐκτὸς τούτου, ἐπειδὴ μετὰ τὸ τεμάχιον ἔρχεται ὁ τοῦ θέματος ἀριθμός, προκύπτει τὸ ἄτοπον, ὅτι ὁ ἀναζητῶν τοὺς παρατεθειμένους νόμους ὀφείλει νὰ ἀρχήσῃ ἀπὸ τὸ τέλος τῆς παραθέσεως, νὰ μεταβῇ μετὰ ταῦτα εἰς τὴν ἀρχὴν καὶ τελευταῖον εἰς τὸ μέσον ταύτης. Γράφων εἰς τὴν Ἑλληνικὴν γλῶσσαν καὶ χάριν τῶν Ἑλλήνων ἰδίως, ἐνόμισα ὅτι δύναμαι καὶ ὀφείλω νὰ παρατρέξω τὴν μέθοδον ταύτην, ἥτις εἰς τὴν Γερμανίαν ἄλλον λόγον ὑπὲρ ἑαυτῆς δὲν ἔχει εἰμὴ τὴν παρ' ἡμῖν ἔτι μὴ ὑπάρχουσαν συνήθειαν, καὶ νὰ ἀκολουθήσω τὸ ἔθος τῆς τῶν κλασσικῶν συγγαφέων παραθέσεως, ἀρχόμενος ἀπὸ τοῦ μεγαλητέρου (τοῦ βιβλίου) καὶ τελευτῶν εἰς τὸ μικρότερον (τὸ θέμα).

Καὶ ταῦτα μὲν περὶ τῆς γλώσσης καὶ τοῦ μηχανισμοῦ τῶν παραθέσεων· καθ' ὅσον δὲ ἀφορᾷ τὸ πραγματικὸν μέρος, ἐλπίζω ὅτι οἱ περὶ τὰ τοιαῦτα ἐπιστήμονες, ἂν εὕρωσι τὰς γνώμας μου ἐσφαλμένας, θέλουν εὐαρεστηθῆ νὰ μὲ διακοινώσωσι τοῦτο, ἐκθέτοντες καὶ τοὺς λόγους των.

Ἐν Ἀθήναις, τὴν 1 Ἰουνίου 1839.

ΤΗΣ ΕΠΙΡΡΟΗΣ ΤΩΝ ΤΥΧΗΡΩΝ (ΤΗΣ ΤΥΧΗΣ) ΕΙΣ ΤΑ ΣΥΝΑΛΛΑΓΜΑΤΑ.

§. 1.

Εἰσαγωγή.

ΜΕΤΑΞῪ τῶν πολλῶν ὅσα ἀμφισβητοῦνται ἔτι εἰς τὸ Ῥωμαϊκὸν Δίκαιον, πρέπει νὰ καταταχθῇ καὶ τὸ ζήτημα, ποίας συνεπείας ἐπιφέρουν τὰ τυχηρὰ εἰς τὰ συναλλάγματα; (1) Τὸ ζήτημα τοῦτο ἔρχομαι νὰ ἐξετάσω εἰς τὴν παροῦσαν πραγματείαν, καὶ κατὰ τὸ Ῥωμαϊκὸν Δίκαιον τὸ ἐπικρατοῦν σήμερον εἰς τὴν Γερμανίαν ὡς κοινὸν δίκαιον, (jus commune), καὶ κατὰ τὸ Βυζαντινὸν τὸ ἰσχύον ἔτι ἐν τῇ Ἑλλάδι. Καὶ ἀνερευνῶν τὰς διατάξεις τοῦ Βυζαντινοῦ Δικαίου, θέλω μὲν ἔχει πρὸ ὀφθαλμῶν μου τὸν Ἀρμενόπουλον, ὅστις εἶναι, κατὰ τὸ ἄρθρον 1 τοῦ ἀπὸ 23 Φεβρ. (7 Μαΐου) 1835 Βασιλικοῦ Διατάγματος, ὁ προσωρινὸς παρ' ἡμῖν πολιτικὸς κώδηξ, ἀλλ' ἐπειδὴ περιέχει κατ' ἐπιτομὴν τὸ Βυζαντικὸν Δίκαιον τῆς ἐποχῆς του, χρεία, ὅπου σιωπᾷ, νὰ ἀναπληρωθῇ ἐκ τῶν πηγῶν του, καὶ τούτου ἕνεκα ἀνέτρεξα εἰς τὰ Βασιλικὰ καὶ τὸν Πρόχειρον νόμον.

---

(1) Διὰ τῆς λέξεως συναλλάγματα, ἐννοῶ τὰ παρὰ τῶν Γερμανῶν λεγόμενα Verträge, ἑπομένως καὶ τὰ συναλλάγματα ἰδίως (contractus) καὶ τὰ σύμφωνα (pacta).

§ 2.

Περὶ τῆς λέξεως «τυχηρά.»

Πρὸ πάντων πρέπει νὰ δώσωμεν τὸν ὁρισμὸν τῆς λέξεως τυχηρὰ κατὰ τὸ Ῥωμαϊκὸν Δίκαιον, ἐπειδὴ ὁ ὁρισμὸς αὐτῆς κατὰ τὸ φυσικὸν δίκαιον δὲν εἶναι τοῦ προκειμένου (2). Ὁ Ῥωμαῖος νομοδιδάσκαλος Γάϊος ἀποκαλεῖ τὰ τυχηρὰ vim majorem, quam Græci Θεοῦ βίαν (3) appellant (4), ἤτοι ἀνωτέραν δύναμιν, τὴν ὁποίαν οἱ Ἕλληνες ὀνομάζουν Θεοῦ βίαν· καὶ ἀλλαχοῦ πάλιν (5) ὁ αὐτὸς νομοδιδάσκαλος χαρακτηρίζει τὰ τυχηρὰ casum majorem, cui humana infirmitas resistere non potest, ὅ ἐστι ἀνωτέραν περίπτωσιν, εἰς ἣν ἡ ἀσθενὴς τοῦ ἀνθρώπου φύσις ἀδυνατεῖ ν' ἀντισταθῇ. Τὸ Ῥωμαϊκὸν λοιπὸν Δίκαιον ὀνομάζει τυχηρὰ πάντα τὰ ἀπὸ τῆς θελήσεως τοῦ ἀνθρώπου ἀνεξάρτητα, καὶ ἐπομένως πᾶν ὅ,τι ἡ ἀνθρώπινος δύναμις δὲν ἐμπορεῖ νὰ προΐδῃ καὶ νὰ ἐμποδίσῃ (6).

---

(2) Καὶ πόσον δύσκολος εἶναι ὁ τοιοῦτος ὁρισμός! Ἰδὲ καὶ ὅσα περὶ τῆς καλουμένης τύχης λέγει ὁ Rotteck εἰς τὴν γενικὴν ἱστορίαν Τομ. I. §. 9.

(3) Πιθανώτατον αἱ δύω αὗται λέξεις Θεοῦ βία, τῶν ὁποίων ἡ ἔννοια δὲν εἶναι πολλὰ σαφὴς, νὰ ἦναι παραφθορὰ τῆς λέξεως θεομηνία, ἥτις ἀπαντᾶται καὶ εἰς τοὺς Βυζαντινοὺς νόμους. Πρόχειρ. νόμος Τίτλ. 17 Κεφ. 19. Ἀρμενόπουλος Βιβλ. 3. Τιτλ. 8. Κεφ. 7, χωρία, τὰ ὁποῖα εἶναι μετάφρασις τοῦ προκειμένου διγέστου.

(4) Βιβλ. 19. Τιτλ. 2. δίγεστον 25 θέμα 6. Βασιλικῶν XX. 1. 25, ἔκδοσις Φαβρότου, Τομ. II. Σελ. 427.

(5) Βιβλ. 44. Τιτλ. 7 δίγεστον 1. θέμα 4. Ἰδὲ προσέτι καὶ Βιβλ. 3ᾳ. Τιτλ. 2. διγ. 24 θέμα 4.

(6) Τὸν ὁρισμὸν τοῦτον ἀποδέχονται καὶ ὅλοι οἱ συγγραφεῖς, οἷον, Muchlenbruch, Doctrina Pandectarum Τομ. I. §. 83. Thibaut, Pandectenrecht Τομ. I. §. 161. Σημ. m. Mackeldey — § 344.

§ 3.

Περὶ τῶν ἐκφράσεων· « εἰς ἐμὲ ὁ κίνδυνος ὁρᾷ » καὶ
« ἀπόλλυταί μοι τὸ πρᾶγμα. »

Εἰς τὸ κείμενον τοῦ Ῥωμαϊκοῦ Δικαίου ἀπαντῶνται καὶ αἱ
ἐκφράσεις periculo meo res est, δηλαδὴ, ὡς λέγει ὁ Πρό-
χειρος νόμος (7), εἰς ἐμὲ ὁ κίνδυνος ὁρᾷ, καὶ res mihi pe-
rit, δηλαδὴ ἀπόλλυταί μοι τὸ πρᾶγμα· περὶ τῶν ὁποίων εἶναι
ἀνάγκη νὰ εἴπωμεν ὀλίγα τινα. Ἡ λέξις, κίνδυνος, (peri-
culum), σημαίνει, κατὰ τοὺς συγγράψαντας περὶ τοῦ Ῥωμαϊ-
κοῦ Δικαίου, τὴν κατὰ τύχην προξενουμένην ζημίαν (da-
mnum) (8), ὅθεν ἕπεται ὅτι καὶ ἡ τοῦ Προχείρου ἔκφρασις·
εἰς ἐμὲ ὁ κίνδυνος ὁρᾷ, ἰσοδυναμεῖ μὲ τὸ « εἰς ἐμὲ ἐπίκειται
ἡ ἐκ τῆς τύχης προξενουμένη ζημία ·» τὴν αὐτὴν σημασίαν
ἔχει καὶ ἡ ἑτέρα ἔκφρασις. Ἀλλ᾽ αἱ ἑρμηνεῖαι αὗται, ὡς πολ-
λὰ γενικαὶ, δὲν εἶναι ἀκριβεῖς (9), καὶ ἐντεῦθεν συμβαίνει,
ὅτι οἱ περὶ τῆς ὕλης ταύτης συγγράψαντες μεταχειρίζονται
τὴν αὐτὴν ἔκφρασιν εἰς ἀντιθέτους πολλάκις περιπτώσεις,

---

(7) Τιτλ. 14. Κεφ. 3.

(8) Mackeldey § 34ι.

(9) Π. Χ. Εἶμαι κύριος ἀρμαρίου, τὸ ὁποῖον δίδω ὡς ἐνέχυρον εἰς τὸν
Πέτρον· τὸ ἀρμάριον καίεται, ὁ Πέτρος στερεῖται τὸ δικαίωμα τοῦ ἐνεχύρου,
καὶ ἑπομένως ὑποφέρει τὴν κατὰ τύχην προξενηθεῖσαν ζημίαν, στεροῦμαι δὲ
καὶ ἐγὼ τὴν κυριότητα τοῦ πράγματος, ὑπομείνας ἐπίσης τὴν κατὰ τύχην
προξενηθεῖσαν ζημίαν. Κατὰ τὸν ὁρισμὸν, ἔπρεπε νὰ εἴπωμεν ἐνταῦθα, ὅτι
ἀμφότεροι ὑποφέρομεν τὴν ζημίαν, καὶ μολοντοῦτο οἱ Νόμοι (Βιβλ. 4. Τιτλ.
24 διαταξ. 9 καὶ Βασιλ. XXV. 1. 51. ἔκδοσις Φαβρ. Τομ. II. Σελ 16.)
λέγουν, ὅτι εἰς ἐμὲ μόνον ὁρᾷ ὁ κίνδυνος. Τοῦτο ἀρκεῖ νομίζω πρὸς ἀπόδειξιν,
ὅτι ἡ ἐξήγησις δὲν εἶναι ὀρθή· ὀρθὴν τῆς λέξεως periculum ἐξήγησιν εὑρίσκει
τις καὶ εἰς τοῦ Hasse τὸ σύγγραμμα περὶ Ῥᾳθυμίας (culpa) § 77 καὶ 78.

ὅπερ ἐπιφέρει εἰς τοὺς ἀναγνώστας, καὶ μάλιστα τοὺς ἀπεί-
ρους τῶν πηγῶν σπουδαστὰς, σύγχυσιν καὶ ἀπορίαν. Τὸ ἄ-
τοπον τοῦτο παρετήρησε καὶ ἔψεξε κατὰ τοὺς νεωτέρους χρό-
νους ὁ καθηγητὴς Waechter (10) ὅστις ἔδωκε τὴν ὀρθὴν
καὶ ἀκριβῆ σημασίαν τῶν εἰρημένων ἐκφράσεων (11). Κατὰ
τὸν καθηγητὴν τοῦτον, τὸ periculo meo res est καὶ res
mihi perit, σημαίνει, καθ' ὅσον ἀφορᾷ τὰς ἀπὸ τῶν συναλ-
λαγμάτων γεννωμένας σχέσεις, ὅτι ἀφανισθέντος ἐκ τύχης
τοῦ ἀντικειμένου τοῦ συναλλάγματος, ἢ εἶμαι ὑπόχρεως νὰ
δώσω ὅ,τι ὑπεσχέθην ἀντ' αὐτοῦ, ἢ δὲν ἔχω δικαίωμα ν' ἀ-
παιτήσω ἀπὸ τὸν ἕτερον τὸ παρ' αὐτοῦ ὑποσχεθέν. Τὴν
διὰ νόμων καὶ παραδειγμάτων ὑποστήριξιν καὶ διασάφησιν
τῆς σημασίας ταύτης, εὑρισκομένης εἰς τὸ ἀνωτέρω μνημο-
νευθὲν περιοδικὸν σύγγραμμα, παρατρέχω, καθότι ἄλλος εἶναι
τῆς παρούσης πραγματείας ὁ κύριος σκοπός· κάμνω μόνον
τὴν παρατήρησιν, ὅτι αἱ δύω μνημονευθεῖσαι ἐκφράσεις ἀπαν-
τῶνται, καθ' ὅσον μὲ εἶναι γνωστὸν, εἰς ἐκεῖνα τὰ μέρη
τοῦ Ῥωμαϊκοῦ Δικαίου, ὅπου πρόκειται περὶ ἐπὶ δόσει συνι-
σταμένων ἐνοχῶν.

§ 4.

Κύριον ἀντικείμενον τῆς παρούσης διατριβῆς.

Μεταβαίνω εἰς τὸ κύριον ἀντικείμενον τοῦ δοκιμίου τούτου,
¿ Ποῖον ἀποβλέπει ὁ κίνδυνος εἰς τὰς ἀπὸ τῶν συναλλαγμά-
των σχέσεις (12);

---

(10) Εἰς τὸ περιοδικὸν σύγγραμμα, τὸ ἐπιγραφόμενον Archiv für die
civillistische Praxis Τομ. 15. Τετραδ. 1. Σελ 99 καὶ ἑξῆς.

(11) Εἰς τὸ αὐτὸ περιοδικὸν σύγγραμμα XV. 1. Σελ. 102 καὶ ἑξῆς.

(12) Παρατηρητέον ὅτι ὡς πρὸς τὰς ἀφορώσας τὴν χορήγησιν γένους τι-

Εἴπαμεν ἤδη τί πρέπει νὰ ἐννοῶμεν ὑπὸ τὸ γενικὸν τοῦτο ζήτημα· ἐφεξῆς θέλομεν περιορισθῆ εἰς τὸ νὰ ἀποδείξωμεν·

ά. Ὅτι ἀνάγκη νὰ ὑπάρχῃ ἀρχὴ (principe) ἐφαρμοστέα εἰς ἅπαντα τὰ συναλλάγματα (ὅσα δὲν περιέχουσιν εἰδικόν τινα χαρακτῆρα) καὶ,

β'. Ὅτι τοιαύτη ἀρχὴ ὑπάρχει τωόντι εἰς τὸ Ῥωμαϊκὸν Δίκαιον.

§ 5.

Ἀνάπτυξις τοῦ ὑπὸ στοιχ. ά. τεθέντος ἰσχυρισμοῦ.

Τὰ ἀπὸ τῶν συναλλαγμάτων γεννώμενα προσωπικὰ δίκαια (13) εἶναι τόσον πολυειδῆ, ὅσον εἶναι πολύτροπος καὶ τοῦ ἀνθρώπου ἡ θέλησις (14). Ἠμπορεῖ ἄρα νὰ ὑπάρξῃ δίκαιον, χωρίς τινος ἀρχῆς ἐφαρμοστέας εἰς πάντα τῶν συναλ-

---

νας ἐνοχὰς (obligationes generis), ὡς πρὸς τὰς ὑπὸ αἵρεσιν (subconditione) τὰς ἑτερογενεῖς (obligationes alternativas) καὶ τὰς ὑπὸ γεῦσιν (ad gustum), ἅπαντες οἱ συγγραφεῖς ὁμογνωμονοῦσιν.

Ἡ ἀμφισβήτησις ἀφορᾷ μόνον τὰς ἄνευ αἱρέσεως καὶ τὰς εἶδός τι (species) ἀποβλεπούσας ἐνοχὰς, ἀδιαφόρως ἂν τὸ εἶδός ᾖναι πρᾶγμα (res εἰς τὴν στενὴν σημασίαν) ἢ πρᾶξις· καὶ σημειωτέον, ὅτι μόνον περὶ τῶν ἐνοχῶν τούτων γίνεται λόγος ἐν τῷ παρόντι.

(13) Jura in personam, ad rem (persequendam) Thibaut Pandect. Τομ. 1. Σελ. 51. 52. 53.

(14) Αὕτη εἶναι ἡ κυρία καὶ οὐσιώδης διαφορὰ μεταξὺ τῶν πραγματικῶν, ἀπολύτων (in rem) καὶ τῶν προσωπικῶν (in personam) δικαίων· δὲν ὁμιλῶ περὶ τῶν συνεπειῶν αὐτῶν, διότι ἄλλη πάλιν αὐτῶν ἡ διαφορά· ὅτι ἡ διαφορὰ ἐκείνη εἶναι ἀναγκαία, τοῦτό προκύπτει ἀρκούντως ἀπὸ τὴν προσπάθειαν τὴν ὁποίαν τὸ Ῥωμ. Δίκαιον καταβάλλει πρὸς ἀπόλυτον ἐξασφάλισιν καὶ ὑπεράσπισιν τοῦ κτηθέντος δικαίου (juris quæsiti), ἅμα δὲ καὶ τῆς θελήσεως τοῦ ἐλευθέρου πολίτου. Ποτὲ δὲν ἐφηρμόσθησαν τόσον εὐστόχως δύο ἐκ πρώτης ὄψεως τόσον ἀντίθετοι ἀρχαί· ἀλλ' ἡ περὶ τούτου ἀνάλυσις δὲν ἀνήκει ἐνταῦθα.

λαγμάτων τὰ εἴδη, τὰ ἀναρίθμητα καὶ ἀπροσδιόριστα, τὰ
ἐξαρτώμενα ἀπὸ τὰς ἐπικρατούσας ἄλλοτε ἄλλας ἰδέας, ἀπὸ
τὴν μόρφωσιν ἑκάστου Ἔθνους, καὶ τὴν ἰδιαιτέραν ἑκάστου
ἀτόμου διάθεσιν; Εἰς πᾶν δίκαιον τοιαύτη ἀρχὴ εἶναι ἀνα-
γκαία, διότι ἄλλως ἔπρεπε κατὰ πᾶσαν ἡμέραν, γεννῶσαν
νέα συναλλαγμάτων εἴδη, νὰ ἐκδίδωνται νέοι δἰ αὐτὰ νόμοι,
ὅπερ ἀδύνατον.

Τὸ ἀδύνατον τοῦτο ἀναγνωρίζει καὶ τὸ Ῥωμαϊκὸν Δίκαιον.
Ὁ Νομοδιδάσκαλος Ἰουλιανὸς εἰς τὸ 59 βιβλίον τῶν Παν-
δεκτῶν του (15) λέγει· Neque leges, neque senatuscon-
sulta ita scribi possunt, ut omnes casus, qui quando-
que inciderint, comprehendantur κτλ. δηλαδὴ οὔτε νόμοι
οὔτε δόγματα συγκλήτου δύνανται οὕτω γράφεσθαι, ὥστε
τὰ ὅτε δήποτε συμβησόμενα θέματα περιέχεσθαι κτλ. (15α)
καὶ πάλιν εἰς τὸ 15 βιβλίον τοῦ αὐτοῦ συγγράμματος (16)
non possunt omnes articuli singillatim aut legibus,
aut senatusconsultis comprehendi, sed cum in aliqua
causa sententia eorum manifesta est, is, qui jurisdi-
ctioni praeest, ad similia procedere, atque ita jus di-
cere debet. δηλ. ἐκ τῶν ὁμοίων τέμνεσθαι δεῖ τὰ περὶ ὧν
οὐ κεῖται νόμος (16α).

Ματαίως βέβαια ἠθέλαμεν ζητήσει τὴν ἀρχὴν ταύτην εἰς
τὸ Ῥωμ. Δίκαιον ὡς γενικὸν κανόνα ῥητῶς ἐκπεφρασμένην.
Τὸ Ῥωμ. Δίκαιον διαφέρει κατὰ τοῦτο ἀπὸ τὰ νεώτερα, ὅτι
ἐμορφώθη κατ᾽ ὀλίγον, τροποποιούμενον, κατὰ τὰς μεταβολὰς,

---

(15) Βιβλ. 1. Τίτλ. 3. διγ. 10.
(15α) Βασιλικῶν II. 1. 20. Ἔκδοσις Φαβρότου Τομ. 1. Σελ. 30.
(16) Δίγεστον 12. αὐτόθι.
(16α) Βασιλικ. II. 1. 23. Ἐκδ. Φαβρ. Τομ. 1. Σ. 30.

ὅσας ἐπέφερεν ὁ χρόνος εἰς τὰς ἰδέας, τὰ ἤθη, τὰς ἀνάγκας τοῦ Ἔθνους. Καὶ ἡ ἀνάπτυξίς του ἔγινεν ἐντὸς τοῦ καθημερινοῦ βίου τοῦ Ἔθνους, καὶ ὄχι ἐντὸς τῶν Βουλευτηρίων, ἢ τῶν σπουδαστηρίων τοῦ Νομοθέτου. Ἤθελεν εἶσθαι ἀτελέστατον ἂν περιωρίζετο εἰς μόνας τὰς διατάξεις, ὅσας διέγραψαν οἱ Νομοθέται. Ἀλλ᾽αἱ διατάξεις αὖται, ὑποβληθεῖσαι εἰς τὴν ἐπεξεργασίαν ἄλλων εὐφυεστάτων ἀνδρῶν, ἔλαβον ἐν διαστήματι μιᾶς καὶ ἡμίσεως ἑκατονταετηρίδος τὴν τελειότητα ἐκείνην, ἥτις κατέστησε τὸ Ῥωμ. Δίκαιον ἡγεμονεῦον καθ᾽ ὅλην τὴν Εὐρώπην, καὶ διέσπειρε τὰς ἀρχάς του εἰς ὅλα σχεδὸν τοῦ κόσμου τὰ μέρη.

Οἱ Ῥωμαῖοι ὅμως νομοδιδάσκαλοι δὲν κατεγίνοντο εἰς ὁρισμοὺς, καὶ εἰς γενικῶν κανόνων ἀποφάσεις· ὅλη αὐτῶν ἡ προσπάθεια καὶ ὅλος ὁ ζῆλος ἔτεινεν εἰς τὴν ἐφαρμογὴν τῶν γενικῶν κανόνων εἰς τὰς ἰδιαιτέρας περιπτώσεις, καὶ ἰδοὺ ἡ αἰτία, διὰ τὴν ὁποίαν εἰς τὸ Corpus juris βλέπομεν τόσον ὀλίγους κανόνας ἀφ᾽ ἑνὸς, καὶ ἀφ᾽ ἑτέρου τὴν διήγησιν ἀναριθμήτων περιστάσεων μὲ τὰς ἀποκρισεις (responsa) καὶ μὲ τὰς ἀποφάσεις (decisiones) τῶν νομοδιδασκάλων. Οὕτω λοιπὸν συνέβη καὶ ἐπὶ τοῦ προκειμένου ζητήματος. Γενικὸς μὲν κανὼν δὲν ὑπάρχει, εὑρίσκομεν ὅμως εὐκρινεςάτην ἐφαρμογὴν τοῦ κανόνος εἰς τὰ διάφορα τῶν συναλλαγμάτων εἴδη, καὶ τὸ χρέος ἑκάστου εἶναι, ἀπὸ τῆς ἐφαρμογῆς νὰ ἐξαγάγῃ τὴν ἀρχὴν ὡς ἀναγκαῖον ὁδηγόν.

§ 6.

Ἀνάπτυξις τοῦ ὑπὸ στοιχ. β΄. τεθέντος ἰσχυρισμοῦ·
διάφοροι γνῶμαι.

Τίς δὲ ἡ ἀρχὴ αὖτη ; διαφωνοῦσι περὶ αὐτῆς ὅλοι σχεδὸν

οἱ συγγράψαντες περὶ τοῦ Ῥωμ. Δικαίου. Οἱ ἀρχαιότεροι μάλιστα, χωρὶς νὰ παραδέχωνται ἀρχὴν μίαν ὡς πρὸς ὅλα τὰ συναλλάγματα, θέτουν κατὰ τὰ διάφορα εἴδη αὐτῶν διαφόρους κανόνας, Π. Χ. « Τὰ τυχηρὰ ὁ δεσπότης ἐπιγινώσκει » (casum sentit dominus), καὶ « τὸ ὀφειλόμενον εἶδος κατὰ τύχην ἀφανισθὲν στερεῖται ὁ εἰς ὃν ὀφείλεται » (species debita casu perit cui debetur). Εἴς τινα δὲ συναλλάγματα δίδουν τὴν λύσιν τοῦ ζητήματος ἁπλῶς χωρὶς νὰ τὴν δικαιολογοῦν διά τινος ἀρχῆς (17). Εἶναι πρόδηλον ὅτι ἡ μέθοδος αὕτη ἐπιφέρει δυσκολίας, καὶ πολλάκις σύγχυσιν, διότι Π. Χ. ἐκ τῶν δύω προαναφερθέντων κανόνων ὁ μὲν πρῶτος, ἂν καὶ καθ' ἑαυτὸν ὀρθός, δὲν δύναται νὰ ἐφαρμοσθῇ εἰς οὐδὲν συνάλλαγμα, ὁ δὲ δεύτερος ἰσχύει μόνον ὡς πρὸς τὰ συναλλάγματα, τὰ ἀφορῶντα εἶδός τι καὶ ἐπομένως δὲν εἰμπορεῖ νὰ χρησιμεύσῃ ὡς ἀρχὴ γενικὴ δι' ὅλα.

Εἶπον, ὅτι ὁ πρῶτος ἐκ τῶν κανόνων τούτων, δὲν εἶναι ἐφαρμοστέος εἰς τὰ συναλλάγματα· τοῦτο γίνεται δῆλον ἀπὸ αὐτὰς τὰς λέξεις « τὰ τυχηρὰ ὁ δεσπότης ἐπιγινώσκει ·» καὶ τῷ ὄντι, ἂν ὁ δεσπότης τοῦ πράγματος, καθ' ἑαυτὸν θεωρούμενος, δὲν ἔχῃ σχέσιν μὲ πρόσωπον ἀλλὰ μὲ πρᾶγμα, τί κοινὸν μεταξὺ αὐτοῦ καὶ τοῦ συναλλαττομένου, ὅς τις ἀπέκτησε δίκαιον κατὰ προσώπου ; Ἀλλὰ περὶ τοῦ ἀνεφαρμόστου τοῦ κανόνος τούτου, ἀποδειχθέντος ἀρκούντως παρ' ἄλλων (18), δὲν ἐκτείνομαι περισσότερον· ὅτι δὲ ὁ δεύτερος

---

(17) Π. Χ. Ὁ Hopfner ἐν τῷ Commentar. zu den Heineccischen Institutionen § 761.

(18) Ἰδὲ Wæchter εἰς τὸ Archiv für civil ist. Praxis Τομ. 15. Τετρ. 1. Σελ. 117—138. Ἀπὸ τὰς πολλὰς περιττάσεις, καθ' ἃς ἡ ἐφαρμογὴ τοῦ

δὲν δύναται νὰ χρησιμεύσῃ ὡς γενικὴ ἀρχὴ, τοῦτο ἐξάγεται ἐξ αὐτοῦ τούτου, ὅτι ὁ κανὼν λαλεῖ μόνον περὶ ἀναντικαταστάτου πράγματος (res non fungibilis), ἐν ᾧ γνωστὸν εἶναι πόσον σημαντικὴν θέσιν κατέχουν εἰς τὰ συναλλάγματα τὰ ἀντικατάστατα πράγματα (res fungibilis).

§ 7.

Συνέχεια· γνῶμαι τοῦ Thibaut, Mühlenbruch, Guyet, *καὶ* Rosshirt.

Ἄλλοι νεώτεροι συγγραφεῖς, μεταξὺ τῶν ὁποίων ὑπάρχουσι καὶ ἄνδρες γηράσκοντες εἰς τὸν ὑπὲρ ἀληθείας καὶ δικαίου εὐκλεῆ ἀγῶνα, ἀπορρίπτουσιν ὁλοτελῶς τὴν γνώμην, τὴν ὁποίαν

κανόνος τούτου ἤθελεν ἐπιφέρει τὰ μέγιστα ἀτοπήματα, ἀρκοῦμαι νὰ ἀναφέρω μίαν. Γνωστὸν εἶναι, ὅτι ὅταν, μὴ χρεωστῶν, δώσῃ τις κατὰ δικαίαν πλάνην (ex errore excusabili), ἔχει τὸ δικαίωμα νὰ ἀπαιτήσῃ τὸ δοθὲν διὰ τῆς τοῦ κατὰ πλάνην καταβληθέντος χρέους αἰτήσεως· ἐν τούτοις ὅμως ὁ λαμβάνων γίνεται δεσπότης τοῦ ληφθέντος. Ἀλλ' ὑποθετέον, ὅτι τὸ ληφθὲν ἴδιον πρᾶγμα ἀναντικατάστατον καὶ κατὰ τύχην ἀφανίζεται (casu desinit existere in rerum natura). Ποῖον ἀφορᾷ ἐνταῦθα ὁ κίνδυνος; Κατὰ τὸν περὶ οὗ ὁ λόγος κανόνα, ἔπρεπε νὰ ἀπαντήσωμεν, ὅτι ἀφορᾷ τὸν λαβόντα, διότι αὐτὸς κατέστη δεσπότης τοῦ πράγματος, τοῖς δὲ τυχηραῖς ὁ δεσπότης ὑπόκειται, ἄρα καὶ ἀφανισθέντος τοῦ πράγματος, ἐμπορεῖ ὁ λαβὼν νὰ ἐναχθῇ διὰ τῆς αἰτήσεως τοῦ κατὰ πλάνην καταβληθέντος χρέους πρὸς πληρωμὴν τουλάχιστον τῆς τιμῆς τοῦ ληφθέντος· καὶ μολοντοῦτο αἱ πηγαὶ τῆς νομοθεσίας περιέχουν ἀντίθετον ἐντελῶς ἀπόφασιν, δηλαδὴ ὅτι ὁ λαβὼν δὲν εἰμπορεῖ νὰ ἐναχθῇ· τὴν ἀπόφασιν ταύτην εὑρίσκομεν εἰς τοῦ Ἰουλιανοῦ τὸ 10 Βιβλίον τῶν Πανδεκτῶν. Cum is, qui Pamphilum aut Stichum debet, simul utramque solverit, si postea, quam utramque solverit, aut uterque, aut alter ex his desierit in rerum natura esse, nihil repetet; id enim remanebit in soluto, quod superest. Βιβλ. 12. Τίτλ. 6. Δίγ. 32. προοίμιον.

προτίθεμαι νὰ ὑποστηρίξω μὲ πλήρη πεποίθησιν τῆς ὀρθό-
τητός της, καὶ τὴν ἀπορρίπτουσι χωρὶς νὰ θέσωσιν οὐδεμίαν
ἀρχὴν κανονίζουσαν τὰς τῶν τυχηρῶν συνεπείας εἰς ὅλα τῶν
συναλλαγμάτων τὰ εἴδη. Καί τινες μὲν φρονοῦντες (19), ὅτι
εἰς τὰς ἐπὶ δόσει ἐνοχὰς, ὁ ἐκ τύχης κωλυθεὶς εἰς τὴν ἐκπλή-
ρωσιν τῆς ὑποσχέσεώς του, δὲν ἔχει τὸ δικαίωμα νὰ ζητήσῃ
τὸ ἀντὶ τοῦ ὑποσχεθέντος χρεωστούμενον, παραδέχονται ὡς
κανόνα μὲν τὴν γνώμην ταύτην, ὡς ἐξαιρέσεις δὲ τὰς ἐναν-
τίας αὐτῆς ἀποφάσεις τῶν Ῥωμαϊκῶν νόμων ὡς πρὸς τὸ συ-
νάλλαγμα τῆς πράσεως καὶ ἀγορασίας (contractus em-
tionis, venditionis). Οἱ αὐτοὶ συγγραφεῖς διακρίνουσιν εἰς
τὰς ἐπὶ ποιήσει ἐνοχὰς (20) τὴν πληρωθεῖσαν ἤδη ἀπὸ τὴν
μόνον ὑποσχεθεῖσαν ἀντιμισθίαν, φρονοῦντες, ὅτι κατὰ μὲν
τὴν πρώτην περίστασιν, ὁ δεχθεὶς τὴν ἀντιμισθίαν δὲν εἶναι
ὑπόχρεως νὰ τὴν ἀποδώσῃ, ὅπου δήποτε καὶ ἂν συνέβησαν
τὰ κωλύσαντα τὴν ὑποσχεθεῖσαν πρᾶξιν τυχηρά· εἰς δὲ τὴν
δευτέραν περίστασιν (21) διακρίνουσι πάλιν τὰ τυχηρὰ τὰ
συμβάντα εἰς τὸν ὑποσχεθέντα τὴν ποίησιν, ἀπὸ τὰ συμβάντα
εἰς τὸν αἰτήσαντα τὴν ποίησιν, ἀποφαινόμενοι, ὅτι εἰς μὲν
τὴν πρώτην περίπτωσιν, ὁ ὑποσχεθεὶς τὴν ποίησιν δὲν δύνα-
ται, εἰς δὲ τὴν δευτέραν δύναται ν' ἀπαιτήσῃ τὴν ἀντιμι-
σθίαν.

---

(19) Π. Χ. Thibaut Pandecten Τομ. Β. Σελ. 31. 32. 33.

(20) Thibaut αὐτόθι.

(21) Ἄλλοι, ἀπορρίπτοντες τὴν πρώτην ταύτην διάκρισιν μεταξὺ ὑποσχε-
θείσης καὶ δοθείσης ἀντιμισθίας, ὡς ὁ G. I. Guyet εἰς τὰς χειρογράφους
διασαφήσεις τοῦ Wening Ingenheim § 30, 31 Τόμου 4. νομίζουν ὅτι,
καίτοι δοθείσης τῆς ἀντιμισθίας, ὁ δόσας ἐμπορεῖ πάντοτε νὰ τὴν ἀπαιτήσῃ,
ὁσάκις ὁ λαβὼν αὐτὴν ἀδυνατεῖ ἐκ τύχης νὰ ἐκπληρώσῃ τὴν ὑπόσχεσίν του.

Ὁ δὲ Muehlenbruch (22) διακρίνει,

1) ἐνοχὰς ἐπὶ παραχωρήσει δεσποτείας πράγματος τινὸς, καὶ διϊσχυρίζεται μὲν, ὅτι κατὰ τὰς γενικὰς περὶ δικαίου ἀρχὰς, ὁ ἐκ τυχηρᾶς ἀπωλείας τοῦ πράγματος ἐμποδισθεὶς νὰ τὸ παραχωρήσῃ, δὲν ἔχει τὸ δικαίωμα νὰ ζητήσῃ, ἢ νὰ κρατήσῃ τὸ ἀντὶ τοῦ ὀφειλομένου πράγματος ὑπὸ τοῦ ἄλλου ὑποσχεθὲν, ἢ δοθὲν, ἀναγνωρίζει δὲ, ὅτι τὸ Ρωμ. Δίκ. ὡς πρὸς τὸ συνάλλαγμα τῆς πράσεως παρεδέχθη τὴν ἐναντίαν ἀρχήν·

2) ἐνοχὰς ἐπὶ παραχωρήσει χρήσεως πράγματός τινος· ἐνταῦθα νομίζει, ὅτι ὁ κωλυθεὶς ἐκ τύχης νὰ παραχωρήσῃ τὸ πρᾶγμα, δὲν ἐμπορεῖ νὰ ζητήσῃ ἀπὸ τὸν ἕτερον τὴν συμφωνηθεῖσαν ἀντιμισθίαν·

3) ἐνοχὰς ἐπὶ ποιήσει, καὶ ἐνταῦθα διατείνεται, ὅτι ὁ κωλυθεὶς εἰς τὴν ἐκπλήρωσιν τῆς ὑποσχέσεώς του, ἂν ἡ ἰδία αὐτοῦ ῥαθυμία δὲν ἐπέφερε τὸ κώλυμα, ἔχει τὸ δικαίωμα νὰ ἀπαιτήσῃ τὴν ἀντιμισθίαν ἀπὸ τὸν ἕτερον.

Ὁ δὲ Rosshirt τέλος (23) παραδέχεται μὲν τὴν ἀνωτέρω ὑπ' ἀρ. 1. μνημονευθεῖσαν γνώμην τοῦ Muehlenbruch, διαιρεῖ δὲ τὰ λοιπὰ συναλλάγματα εἰς δύω κλάσεις, τὰ μὲν γεννῶντα ἐνοχὴν ἐπὶ ποιήσει, τὰ δὲ ἐπὶ δόσει· καὶ ἐπὶ μὲν τῶν πρώτων νομίζει, ὅτι ὁ ὑποσχεθεὶς τὴν ποίησιν καὶ κωλυθεὶς ἐκ τύχης νὰ τὴν ἐκπληρώσῃ δὲν δύναται νὰ ἀπαιτήσῃ τὴν ἀντιμισθίαν, ἂν τὸ κώλυμα ἐπῆλθεν εἰς τὸν ἴδιον, καὶ τὴν ἀπαιτεῖ ἂν τὸ κώλυμα ἐπῆλθεν εἰς τὸν ἕτερον· ἐπὶ δὲ τῶν δευτέρων παραδέχεται ὡς ἀξίωμα, ὅτι ὁσάκις τὰ τυχηρὰ κωλύσωσι τὸν ἕτερον τῶν συναλλαττομένων νὰ ἐκπλη-

---

(22) Lehrbuch des Pand. rechts. § 365.
(23) Εἰς τὸν Mackeldey §. 341. ἔκδοσις 11.

ρώση τὴν ἐνοχήν του, ἀπολύεται καὶ ὁ ἄλλος τῆς ἰδικῆς του ἐνοχῆς.

Αἱ ἀνωτέρω ἐκτεθεῖσαι γνῶμαι ἔχουν τοῦτο κοινὸν, ὅτι οἱ εἰς τὸ συνάλλαγμα τῆς πράσεως καὶ ἀγορασίας ἀναφερόμενοι νόμοι (Σημ. 3ο καὶ 31) θεωροῦνται κατ' αὐτὰς ὡς εἰδικαὶ διατάξεις μὴ ἐφαρμοστέαι εἰς τὰ λοιπὰ συναλλάγματα. Ἀλλὰ τάχα δὲν εἶναι ὀρθώτερον καὶ λογικώτερον νὰ θεωρήσωμεν τοὺς νόμους τούτους ὄχι ὡς εἰδικὰς διατάξεις, ἀλλ' ὡς κανόνα ἐφαρμοστέον εἰς ἅπαντα τὰ συναλλάγματα;

Τοιαύτη εἶναι ἡ γνώμη μου, καὶ ἂν εὐτυχήσω εἰς τὴν ἀπόδειξιν αὐτῆς, νομίζω ὅτι ἐξ αὐτῆς ταύτης τῆς ἀποδείξεως, ἐξάγεται ἡ ἀναίρεσις τῶν ἐναντίων γνωμῶν.

§ 8.

Συνέχεια· γνώμη τοῦ Wæchter.

Κατὰ τοὺς νεωτέρους χρόνους ὁ καθηγητὴς Wæchter ἐπρότεινε δύω κανόνας, τοὺς ὁποίους θεωρεῖ ἀποχρῶντας πρὸς λύσιν τοῦ προκειμένου ζητήματος. Ἰδοὺ οἱ κανόνες οὗτοι· « περὶ τῶν ἀδυνάτων οὐδεμία ἐστὶν ἐνοχὴ » (impossibilium nulla obligatio est), καὶ « τὰ τυχηρὰ οὐδεὶς ἐπιγινώσκει» (casus ad nullo praestantur.) Ἡ πρότασις αὕτη εἶναι μέγα ἤδη βῆμα πρὸς εὕρεσιν τῆς ἀληθείας τόσῳ μᾶλλον, ὅσῳ οἱ δύω κανόνες εὑρίσκονται ῥητῶς εἰς τὸ κείμενον τῶν Νόμων (24), καὶ τοῦτο ἀναμφιβόλως εἶναι σημαντικὸν ὑπὲρ τῆς προτάσεως τοῦ Κ. Wæchter μαρτύριον.

Ἀλλ' ἡ γνώμη αὕτη, κατὰ τὴν ὁποίαν ὁ ἐκ τύχης κωλυόμενος τοῦ νὰ δώσῃ ὅ,τι ὑπεσχέθη, δικαιοῦται νὰ ἀπαιτήσῃ

---

(24) Βιβλ. 5ο. Τιτλ. 17. διγ. 185 καὶ 23.

ἀπὸ τὸν ἕτερον τὸ ἀντὶ τοῦ ὑποσχεθέντος ὀφειλόμενον (25),
ἡ γνώμη αὕτη, λέγω, ἂν καὶ ὀρθὴ αὐτὴ καθ' ἑαυτὴν, δὲν ἐξά-
γεται ἐκ τῶν προεκτεθέντων κανόνων, κατὰ τὴν παρατήρησιν
τοῦ Mühlenbruch (26)· ἓν παράδειγμα θέλει ἀποδείξει τὸ
βάσιμον τῆς παρατηρήσεως· ὁ Πέτρος πωλεῖ εἰς τὸν Παῦλον
ἵππον, ὁ ἵππος ἀπόλλυται κατὰ τύχην πρὶν παραδοθῇ εἰς
τὸν ἀγοραστήν. Εἰς τὴν περίστασιν ταύτην ὁ Πέτρος ἀπο-
λῦεται τῆς ἐπὶ δόσει τοῦ ἵππου ἐνοχῆς, διότι περὶ τῶν ἀδυ-
νάτων οὐδεμία ἐστὶν ἐνοχὴ, καὶ εἶναι ἀδύνατον νὰ δώσῃ τις
τὸν μὴ ὑπάρχοντα ἵππον. Ἀλλ' ἐντεῦθεν προκύπτει τὸ ζή-
τημα, ἂν ὁ Πέτρος ἔχῃ δίκαιον νὰ ἀπαιτήσῃ τὴν τιμὴν τοῦ
ἀπολεσθέντος· ἡ λύσις τοῦ ζητήματος εἶναι μὲν καταφατικὴ,
ἀλλὰ δὲν ἐξάγεται ἐκ τῶν προεκτεθέντων κανόνων, διότι μήτε
τὸ « περὶ τῶν ἀδυνάτων οὐδεμία ἐστὶ ἐνοχὴ » μήτε τὸ
« τὰ τυχηρὰ οὐδεὶς ἐπιγινώσκει » ἐφαρμόζεται εἰς τὸν ὅςτις
δὲν ἔπαθεν κᾀμμίαν τῆς τύχης ζημίαν, ἀλλ' εἰς ἐκεῖνον, τὸν
ὁποῖον ἡ τύχη ἐμπόδισε τοῦ νὰ ἐκπληρώσῃ τὴν ἐνοχήν του.
Ἐπομένως τὸ ἀνωτέρω παράδειγμα δὲν ἀποβλέπει εἰς τὸ νὰ

---

(25) Τὴν γνώμην ὅμως ταύτην ὑπερασπίζεται ὁ Κ. Wächter μόνον ὡς
πρὸς τὰς ἐπὶ δόσει πράγματός τινὸς συνισταμένας ἐνοχὰς, οὐχὶ δὲ καὶ ὡς
πρὸς τὰς ἐπὶ ποιήσει, ὅπου πάλιν μένομεν ἄμοιροι ἀρχῆς. Τὴν γνώμην τοῦ
καθηγητοῦ τούτου θέλω δικαιολογήσει διαφόρως παρ' αὐτὸν, πρὸς ἀπόδει-
ξιν ὅτι εἶναι ἐφαρμοστέα εἰς ἅπαντα τῶν συναλλαγμάτων τὰ εἴδη. Εἰς ἓν
προλαβόν του σύγγραμμα (Dissertatio de condictione causa data causa
non secuta in contractibus innominatis. Tübingæ 1822) ἐφαρμόζει ὁ
Κ. Wächter τὴν γνώμην του εἰς ὅλας τὰς ἐνοχὰς, ἐξαιρουμένων ἐκείνων,
ὅσαι ἀφορῶσι τὴν χρῆσιν πράγματος καὶ τὴν χορήγησιν ἐργασίας· (præ-
statio operarum.) ἰδὲ τὴν ἄνω ῥηθεῖσαν dissertatto §. 19· πλὴν καὶ αὐ-
τὴν τὴν ἐφαρμογὴν νομίζω πάλιν περιωρισμένην.

(26) Pandecten § 385 nt. 5 εἰς τὴν Γερμανικὴν ἔκδοσιν.

δείξη ἠπατημένον τὸν Wæchter· οὗτος ἐξ ἐναντίας ἐστήριξε θεωρίαν ὀρθὴν μὲ θαυμαστὴν πολυμάθειαν, καὶ τοῦτον ἔλαβα ὁδηγόν μου εἰς τὸ παρὸν δοκίμιον ἠθέλησα μόνον νὰ φανερώσω ὅτι ἔφθασεν εἰς τὸν σκοπόν του, χωρὶς νὰ ἀκολουθήσῃ τὴν φυσικωτέραν ὁδόν.

§ 9.

Ἔκθεσις τῆς ἀρχῆς κατὰ τὴν ὁποίαν πρέπει νὰ λυθῇ τὸ προκείμενον ζήτημα καὶ τῶν ὑπὲρ αὐτῆς νόμων.

Ἐπιχειρῶ ἤδη νὰ ἐκθέσω πρῶτον τὴν ἀρχήν, καθ' ἣν νομίζω, ὅτι δύναται νὰ λυθῇ τὸ κύριόν μου ζήτημα.

Ἕκαστον συνάλλαγμα ἐπιβάλλει εἰς ἓν τῶν μερῶν, ἢ εἰς ἀμφότερα, ἐνοχὴν ἐπὶ ποιήσει ἢ δόσει· ἡ ἐνοχὴ, ἢ αἱ ἐνοχαὶ αὗται, ὑφίστανται μέχρι τῆς λύσεώς των ἐνόσῳ ὑφίσταται τὸ ἀντικείμενον αὐτῶν, χωρὶς νὰ ἐξαρτᾶται ἀπὸ μόνην τὴν ὕπαρξιν τῆς ἐνοχῆς τοῦ ἑνός ἡ ὕπαρξις τῆς ἐνοχῆς τοῦ ἑτέρου· μὲ ἄλλας λέξεις, ἡ διάλυσις τῆς ἐνοχῆς ἐκείνου, δὲν ἐπιφέρει καὶ τὴν διάλυσιν τῆς ἐνοχῆς τούτου. Π. Χ. ὁ Πέτρος ἐπώλησε τὸν οἶκόν του, καὶ τὸν παρέδωκεν εἰς τὸν Παῦλον· ἡ ἐνοχὴ τοῦ Πέτρου παύει ὡς ἐκ τῆς φύσεως τοῦ συναλλάγματος· ἀλλὰ διότι ἔπαυσεν ἡ ἐνοχὴ τοῦ Πέτρου, παύει τάχα καὶ τοῦ Παῦλου ἡ ἐνοχὴ, τοῦ νὰ πληρώσῃ τὸ τίμημα τοῦ οἴκου; ὄχι βέβαια, δὲν παύει, καὶ εἶναι ἀδιάφορον, ἂν ἡ λύσις τῆς ἐνοχῆς συνέβη ὡς ἐκ τῆς ἐκπληρώσεώς της, ἢ ὡς ἐκ τῆς τυχηρᾶς ἀπωλείας τοῦ ἀντικειμένου (27).

---

(27) Τὸν αὐτὸν παραλληλισμὸν τῆς λύσεως τῆς ἐνοχῆς διὰ τῆς τυχηρᾶς ἀπωλείας τοῦ ἀντικειμένου μὲ τὴν διὰ τῆς ἐκπληρώσεως τῆς ἐνοχῆς λύσιν,

Ἡ παρατήρησις αὕτη μᾶς ἔδωκε ἤδη τὸν ζητούμενον γενικὸν
κανόνα. Ἐπὶ τῶν συναλλαγμάτων ἡ διὰ τυχηρᾶς ἀπωλείας
τοῦ ἀντικειμένου ἐπισυμβαίνουσα λύσις τῆς ἐνοχῆς τοῦ ἑνὸς
τῶν μερῶν δὲν ἀπολύει αὐτὴ καὶ μόνη τὸν ἕτερον τῆς
ἐνοχῆς του. Ἂς ἐξετάσωμεν ἤδη ἂν τῷ ὄντι τὸ Ῥωμαϊκὸν
Δίκαιον ἀναγνωρίζῃ τὸν κανόνα τοῦτον ὡς ἀρχὴν γενικὴν,
ἐφαρμοστέαν εἰς ὅλας τὰς περιστάσεις, καθ' ἃς γεννᾶται τὸ
ζήτημα τῆς παρούσης πραγματείας.

Εἰς τὸ κείμενον τῆς Ῥωμαϊκῆς Νομοθεσίας, ἐν τῷ περὶ
πράσεως καὶ ἀγορασίας Κεφαλαίῳ, ἀπαντῶμεν τὸ ἑξῆς χω-
ρίον (28)· Cum autem emtio et venditio contracta
sit, quod effici diximus, simulatque de pretio conve-
nerit, quum sine scriptura res agitur, periculum rei
venditæ statim ad emtorem pertinet, tametsi adhuc
ea res emtori tradita non sit. Itaque si homo mor-
tuus sit, vel aliqua parte corporis læsus fuerit, aut
ædes tolæ vel aliqua ex parte iucendio consumtæ fue-
rint, aut fundus vi fluminis totus vel aliqua ex parte
ablatus sit, sive etiam inundatione aquæ aut arbori-
bus turbine defectis longe minor aut deterior esse
cœperit; emtoris damnum est, cui necesse est, licet
rem non fuerit nactus, pretium solvere. Quid-
quid enim sine dolo et culpa venditoris accidit
in eo venditor securus est (29). Ὁ Ἁρμενόπουλος

εὑρίσκει τις καὶ εἰς τὸν Wächter ἐν τῷ Archiv. f. d. civ, Praxis Τόμ.
15. Τετρ. 4. Σ. 194. 195.

(28) Βιβλίον 3. Τιτλ. 23 Εἰσαγ. θέμ. 2.

(29) Ἴδε καὶ τοὺς νόμους τῶν Βασιλικῶν Βιβλ. 18 Τιτλ. 5 δίγ. α. θέμ. 2.

(30) λέγει εἰς τὸ Κεφάλαιον τοῦτο « Μετὰ τὸ πραθῆναι καὶ ἀγορασθῆναί τι κατὰ τοὺς ὡρισμένους χαρακτῆρας τῆς τε ἀγράφου καὶ ἐγγράφου πράσεως καὶ ἀγορασίας, ὁ κίνδυνος τοῦ πεπραμένου πράγματος εὐθέως τὸν ἀγοραστὴν ὁρᾷ, εἰ καὶ τὰ μάλιστα μήπω τὸ πρᾶγμα παραδέδοται. Τοιγαροῦν εἴτε οἰκέτης ἐστὶν ὁ πεπραμένος καὶ τελευτήσῃ, ἢ μέρος τι βλαβῇ τοῦ σώματος, χεῖρα ἢ πόδα ἢ ὀφθαλμόν· ἢ οἰκία οὖσα ἢ

Βιβλ. 18 Τίτλ. 1. δίγ. 34. θέμ. 6 Βιβλ. 18 Τίτλ. 6. δίγ. 8 προοιμ. Βιβλ. 23. Τίτλ. 3 δίγ. 14. 15. πρὸς τούτοις εἰς τὸν Κώδεκα, Βιβλ. 4. Τίτλ. 3 §. διάταξ. 4. 5. 15. καὶ Βασιλ. XIX. 1. 34. Ἔκδοσις Φαβρ. Τομ. 2. Σελ. 656. XXIX. 1. 10. Τόμ. 4. Σ. 510. XXIX. 1. 11. Τόμ. 4. Σ. 511 Οἱ πλεῖστοι τῶν συγγραφέων θεωροῦντες παράδοξον τὸν κανόνα τοῦτον, προσπαθοῦν νὰ τὸν δικαιολογήσωσι δι' εἰκασιῶν πάντη ἀστηρίκτων, ὅσον εἶναι ἀστήρικτος κατ' ἐμὴν γνώμην καὶ ἡ περὶ τοῦ κανόνος τούτου ἰδέα των. Ἡ ἰδέα αὕτη εἶχε ῥιζωθῆ τοσοῦτον εἰς τὴν ἐπιστήμην, ὥστε ὁ περικλεὴς Cujacius (Tractatus ad Africanum L. VIII. ad L. 33. D. locati καὶ εἰς τὰς Observationes (XXIII. 29)) ἐπιστηριζόμενος εἰς τοὺς νόμους τοῦ Βιβλ. 19. Τίτλ. 2 δίγ. 33 καὶ Βιβλ. 18 Τίτλ. 6 διγέστου 12—14, ἀπέκρουσε τὴν σαφῆ ἀπόφανσιν τῶν νόμων, ὅσους καὶ εἰς τὸ κείμενον καὶ εἰς τὴν ἀρχὴν τῆς παρούσης σημειώσεως παρεθέσαμεν. Ἀλλ' οἱ τρεῖς νόμοι ἐφ' ὧν ὁ Cujacius ἐστηρίζετο, ἑρμηνευόμενοι ὀρθῶς (ἴδε περὶ τούτου Glueck: Ausfuerliche Erlæuterung der Pandecten Τόμ. 17. Σελ. 133—151) δὲν ἠμποροῦν νὰ καταστρέψουν τοὺς προμνημονευθέντας. Τοῦτο δὲ εἶναι τόσω βέβαιον ὥστε καὶ αὐτὸς ὁ Cujacius συναισθανθεὶς τὸ ἀνυπόστατον τῆς γνώμης του ἀπεδέχθη τὰς ἀποφάσεις τῶν νόμων τούτων ὡς προδήλως φαίνεται ἀπὸ τὸν Commentar. ad Iul. Pauli Libr. ad Edictum : ad Libr. 33· (D. de periculo rei vendilæ et traditæ L. 8.) εἰς τὰ ἄπαντα τῆς ἐν Νεαπόλει ἐκδόσεως 1758 Τόμ. V. Σελ. 513. πρός δε ἀπὸ τὰς Recit. solemn. in L. 19 Tit. 5. D. ad L. 5 pr. εἰς τὰ ἄπαντα Τόμ. 7 Σελ. 828. καὶ ἀπὸ ἄλλα μέρη τῶν συγγραμμάτων του· ὥστε ἤδη ἀμφιβάλλω ἂν ὑπάρχη νομικὸς ἀρνούμενος τὴν ὕπαρξιν τοῦ ἐξ αὐτῶν ἐξαγομένου κανόνος.

(30) Βιβλ. 3. Τίτλ. 3. 9. παράβ. καὶ τὸν Πρόχειρον νόμον Τίτλ. 14· Κεφ. 3. edit. E. Zachariæ. P. 89 nota. 19.

πεπραμένη ἢ πᾶσα ἢ ἐκ μέρους πυρὶ δαπανηθῇ· ἢ ἀγρὸς βίᾳ ποταμοῦ ὅλος ἢ ἐκ μέρους ἀπόλλυται· εἴτε τῇ πλημμύρᾳ τοῦ ὕδατος ἢ δένδρων ἐξ ἀνέμου καταπεσόντων πολλῶν ἥττων ἢ χείρων γένηται ὁ ἀγρὸς, ἐπὶ τούτων πάντων ἡ ζημία τὸν ἀγοραστὴν ὁρᾷ· καθόλου γὰρ ἴσθ᾽ ὅτι δίχα δόλου ἢ ῥαθυμίας τοῦ πράτου εἰ συμβῇ τῷ πράγματι τι τοιοῦτον, ἕξει τὸ ἀμέριμνον ὁ πράτης. »

Ἀπὸ τὴν σαφῆ ἔκφρασιν τοῦ κατὰ λέξιν ἀντιγραφέντος τούτου νόμου, ὡς καὶ ἀπὸ τοὺς λοιποὺς, ἐν τῇ ὑποσημειώσει παρατεθέντας, ἐξάγεται προδήλως ὅτι ἐν τῷ συναλλάγματι τῆς πράσεως καὶ ἀγορασίας, ὁ ἀγοραστὴς καίτοι τοῦ πωλητοῦ κατὰ τύχην ἐμποδισθέντος νὰ τῷ παραδώσῃ τὸ πρᾶγμα, εἶναι μολοντοῦτο ὑπόχρεως νὰ πληρώσῃ τὴν συμφωνηθεῖσαν τιμήν. Ἀλλ᾽ ἡ ἀπόφασις αὕτη τι ἄλλο εἶναι παρὰ ἡ ἐφαρμογὴ τοῦ κανόνος, τὸν ὁποῖον ἐν τῇ ἀρχῇ τοῦ § τούτου ἐξεθέσαμεν; διὰ τοῦ συναλλάγματος ἐπιβάλλεται ἐνοχὴ εἰς μὲν τὸν πωλητὴν νὰ παραδώσῃ τὰ πωληθὲν εἶδος, εἰς δὲ τὸν ἀγοραστὴν νὰ πληρώσῃ τὴν ὑποσχεθεῖσαν τιμήν. Εἴπομεν, ὅτι αἱ δύο αὗται ἐνοχαὶ, ἐπιβληθεῖσαι ἅπαξ, λύονται μόνον διὰ τῶν γνωστῶν τῆς λύσεως τῶν ἐνοχῶν τρόπων (31), καὶ ὅτι ἐὰν ἡ μία ἐνοχὴ παύσῃ καθ᾽ ὁποιονδήποτε τρόπον, δὲν ἕπεται παντάπασιν ἐκ τούτου, ὅτι δι᾽ αὐτῆς καὶ μόνης τῆς παύσεως ἐλύθη καὶ ἡ ἄλλη· αὐτὸν λοιπὸν τοῦτον τὸν κανόνα ἐφαρμόζουσιν οἱ εἰρημένοι νόμοι εἰς τὸ συνάλλαγμα τῆς πράσεως καὶ ἀγορασίας.

---

(31) Thibaut Pandect. §. 649—696.

§. 10.

Ἔκθεσις τῆς γνώμης τοῦ Wæchter περὶ τῆς ἐν τῷ προηγουμένῳ § διαλαμβανομένης ἀρχῆς καὶ ὑπερά- σπισις τῆς γνώμης ταύτης κατὰ τοῦ Rosshirt.

Καὶ ὅμως οἱ περισσότεροι νομοδιδάσκαλοι ἐθεώρησαν τὴν γενικὴν ταύτην ἀρχὴν ὡς ἐξαίρεσιν, καὶ ἠναγκάσθησαν νὰ καταφύγωσιν εἰς ἄπειρον εἰκασιῶν πλῆθος πρὸς δικαιολό- γησιν τῆς γνώμης των (32), παραδεχόμενοι ὡς πρὸς τὰς συνεπείας τῶν τυχηρῶν εἰς τὰ συναλλάγματα· τὰς εἰς τὸν § θ ἀναφερθείσας διακρίσεις. Οἱ ὀπαδοὶ ὅμως τῆς γνώμης ταύτης, τὴν ἐξάγουσι ἀπὸ τέσσαρας νόμους, ἐξ ὧν οἱ τρεῖς περιέχουσι τὴν ἐναντίαν, ὁ δὲ τέταρτος ἀλλοτρίαν τοῦ προ- κειμένου (33). Καὶ περὶ μὲν τῶν τελευταίων τούτων θέλομεν λαλήσει κατωτέρω, ἤδη δὲ ἐξεταστέον ἂν ἡ εἰς τὸ συναλ- λαγμα τῆς πράσεως καὶ ἀγορασίας ἐπικρατοῦσα ἀρχὴ ἀναφέρεται πούποτε εἰς τοὺς νόμους ὡς ἐξαίρεσις· ὁ Κ. Wæchter (34) ἀποκρούων τὴν ἰδέαν ταύτην τῆς ἐξαιρέ- σεως ἐπέφερε τόσον βάσιμα ἐπιχειρήματα πρὸς ἀπόδειξιν, ὅτι ἡ ἀρχὴ αὕτη δὲν ἀναφέρεται εἰς τοὺς νόμους πούποτε ὡς

---

(32) Ὁ ἔχων τὴν περιέργειαν νὰ παρατηρήσῃ τὰς ἐν γίνει ἀστηρίκτους εἰκασίας περὶ τῶν αἰτιῶν τῆς λεγομένης ταύτης ἐξαιρίσεως, ἃς ἀναγνώσῃ τὸν Glueck Erlænterung der Pandect. Τόμ. 17 Σ. 131. 132. καὶ τοὺς ἐκεῖ ἀναφερθέντας συγγραφεῖς.

(33) Βιβλ. 19 Τίτλ. 2 δίγ. 19 θέμ. 6 δίγ. 30 θέμ. 1. δίγεστ. 33 τοῦ αὐτοῦ Βιβλίου καὶ Τίτλου Βιβλ. 17 Τίτλ. 2. δίγ. 58. θέμ. 1.

(34) Dissertatio de condtctione c. d. c. n. s. p. 44 sq. Archiv. f. d. civilist Praxis Τόμ. 15. Τετρ. 2. Σελ. 190 κ. ἐπ. εἰς τὸ συνάλλαγμα, ἔδω ἵνα δώσῃς (do ut des)

(25)

ἐξαίρεσις, ἀλλ' ὡς σύμφωνός μὰ τὰς γενικὰς περὶ τῶν τυχη-
ρῶν ἀρχὰς, ὥστε ἀρκοῦμαι νὰ παραπέμψω τὸν ἀναγνώστην
εἰς τὴν περὶ τούτου πραγματείαν του (35). Πρὸς τούτοις
ἀπέδειξεν, ὅτι ἡ ἀρχὴ αὕτη εὑρίσκεται ἐν τοῖς νόμοις ἐφηρ-
μοσμένη καὶ εἰς τὰ ἀνώνυμα συναλλάγματα (contractus
reales innominati) καθ' ὅσον ἡ κατὰ τὸ Ρ. Δ. εἰδικὴ αὐτῶν
φύσις τὸ ἐπέτρεπε· στηρίζει δὲ τὸ φρόνημά του εἰς τρεῖς
νόμους, τοὺς ὁποίους ἡρμήνευσεν ὀρθώτατα, τοὺς ἐφεξῆς·

1) Βιβλ. 19. Τίτλ. 5. δίγ. 5. θέμα 1. Βασιλ. XXII.
4. 5. Ε. Φ. Τόμ. 2. Σ. 500.

2) Βιβλ. 12. Τίτλ. 4. δίγ. τελευταῖον. Βασιλ. XXIV.
1. 16. Τόμ. 3. Σ. 500.

3) Βιβλ. 4. Τίτλ. 6. διάταξ. 10. Βασιλ. XXIV. 1,
38. Τόμ. 3. Σ. 506.

Κατὰ τῆς γνώμης τοῦ Κ. Wæchter ἔγραψεν ὁ Rosshirt,
εἰς τὸ περιοδικὸν σύγγραμμα τὸ ὑπ' αὐτοῦ καὶ τοῦ Warn-
kœnig ἐκδιδόμενον, καὶ ἐπιγραφόμενον Zeitschrift für
Civil-und Criminalrecht Τόμ. 2. Τετρ. 3. Σ. 391—394.
διϊσχυριζόμενος ὅτι ὁ πρῶτος νομομιδάσκαλος δὲν ἡρμήνευ-
σεν ὀρθῶς τοὺς νόμους. Ἀλλ' ἀπατᾶται, νομίζω, ὁ Κ. Ros-
shirt, ὡς θέλει ἀποδειχθῆ ἀπὸ τὴν ἐξέτασιν ἑνὸς ἑκάστου
τῶν τριῶν τούτων νόμων.

1) Ὁ πρῶτος, Βιβλ. 19. Τίτλ. 5. δίγ. 5 θέμα 1. (Βα-
σιλ. XXII. 4. 5. Τόμ. 2. Σελ. 500) διαλαμβάνει· α...Sin

(35) Τὴν γνώμην ταύτην τοῦ Wæchter παρεδέχθη καὶ ὁ Mühlenbruch.
ἴδε τὴν γενικὴν ἐφημερίδα τῆς φιλολογίας Haller Litteraturzeitung 1834
ἀριθ. 73 Σελ. 581.

autem rem do, ut rem accipiam, quia non placet permutationem rerum emtionem esse, dubium non est, nasci civilem obligationem. In qua actione id venit non ut reddas, quod acceperis, sed ut damneris mihi quanti interest mea, illud, de quo convenit, accipere, vel si meum recipere velim, repetam, quod datum est, quasi ob rem datum re non secuta. Sed si scyphos tibi dedi ut Stichum mihi dares periculo meo Stichus erit, ac tu dum taxat culpam praestare debes. »

Ἐνταῦθα βλέπομεν, ὅτι ὁ Paulus ὁμιλεῖ περὶ τῶν συνεπειῶν ἀνωνύμου συναλλάγματος, ἐξ οὗ γεννῶνται δύο εἰδῶν ἀγωγαί· ἡ μὲν εἶναι ἡ τῶν προγεγραμμένων ῥημάτων ἀγωγὴ (actio praescriptis verbis), ἀντικείμενον ἔχουσα τὴν ἐπεξέλευσιν (πραγματοποίησιν) τοῦ συναλλάγματος, ἢ τὴν πρὸς χορήγησιν τοῦ διαφόρου (quanti interest mea illut de quo convenit accipere)· ἡ δὲ εἶναι, ἡ τῶν ἐξ αἰτίας δοθέντων, αἰτίας μὴ παρακολοθησάσης, αἴτησις, (condictio causa data causa non secuta) πρὸς ἀνάληψιν τοῦ δοθέντος (vel si meum recipere velim repetam quod datum est). Μετὰ δὲ ταῦτα προσθέτει· sed si scyphos tibi dedi ... periculo meo Stichus erit δηλ. ἐὰν ὅμως σὲ δώσω ποτήρια, διὰ νὰ μοὶ δώσῃς ἀντ' αὐτῶν τὸν δοῦλον Στίχον, ἐμὲ ὁρᾷ τοῦ Στίχου ὁ κίνδυνος· ἐν ἄλλαις λέξεσι, τοῦ Στίχου ἀποβιώσαντος, δὲν δύναμαι νὰ ζητήσω οὔτε τὰ ποτήρια, οὔτε τοῦ Στίχου τὸ ἀντίτιμον. Τὸ ἐναντιωματικὸν τῆς τελευταίας προτάσεως (sed si scyphos tibi dedi κλ.) σημαίνει, ὅτι ἐν γένει μὲν τὸ τοιοῦτον συνάλλαγμα γεννᾷ δύο ἀγωγὰς, ἀλλὰ τοῦ ἑνὸς πράγματος κατὰ τύχην ἀφανισθέντος (καὶ τὸ πρᾶγμα ἐνταῦθα εἶναι ὁ Στῖχος), δὲν συγχωρεῖται ὡς ἐκ τοῦ συναλλάγματος οὐδεμία ἀγωγὴ πρὸς ἀποζημίωσιν τοῦ μέρους τοῦ ἐκπληρώσαντος τὴν ἐνοχήν του (periculo meo Stichus crit). Ἡ ἔννοια αὕτη ἐξάγεται ἀπὸ τὸν νόμον, ὅταν ἀντιθέσωμεν τὴν διὰ τοῦ Sed ἀρχίζουσαν περίοδον εἰς ὅλην τὴν προηγουμένην (ἀπὸ τὸ civilem obligationem in qua actione, ἕως τοῦ re non secuta), ἢ τοὐλάχιστον εἰς τὴν ἀμέσως προηγουμένην (ἀπὸ τὸ vel si meum recipere velim, ἕως τοῦ re non secuta), καὶ τὴν ἔννοιαν ταύτην, ὑπαγορευομένην ὑπὸ τῶν γραμματικῶν κανόνων, ἀποδέχεται ὀρθώτατα καὶ ὁ Κ. Wæchter (36). Ἀλλ᾽ ὁ Κ. Rosshirt, θεωρῶν ἀδύνατον τὴν ἑρμηνείαν ταύτην, νομίζει, ὅτι ἡ περίοδος ἡ ἀπὸ τοῦ sed ἕως τοῦ præstare debes ἀφορᾷ ὄχι τὴν τῶν ἐξαίτίας δοθέντων κλ. αἴτησιν, ἀλλὰ μόνον τὴν τῶν προγεγραμμένων ῥημάτων ἀγωγήν, ἐν ἄλλοις λόγοις ἀποδίδει τὴν ἀπὸ τοῦ sed ἕως τοῦ præstare debes περίοδον ὄχι εἰς τὴν ἀμέσως προηγουμένην vel si meum ἕως τοῦ re non secuta, ἀλλὰ εἰς τὴν ἀπομεμακρυσμένην περίοδον, τὴν ἀπὸ τοῦ civilem obligationem ἕως τοῦ accipere· δικαιολογεῖ δὲ τὴν ἐδικήν του ἑρμηνείαν ὡς ἐφεξῆς. Εἰς τὴν τῶν ἐξ αἰτίας δοθέντων κλ. αἴτησιν δὲν παρατηρεῖται, λέγει, ἡ ῥαθυμία καὶ ἡ τοῦ δεχομένου τὸ πρᾶγμα διαγωγὴ (36α), παρατηρεῖται δὲ ἡ ἐκπλήρωσις ἢ ἡ χορηγία (datio) τοῦ πράγ-

---

(36) Archiv. für civilisteseche Praxis, Τόμος 15, τετράδιον 2, σελ. 216—217.

(36α) Καὶ τοῦτο διατί; διότι ἀναμφιβόλως, νομίζει ὁ Κ. Rosshirt, ὅτι μήτε ἡ ῥαθυμία, μήτε ἡ διαγωγὴ ἔχουσι συνεπείας ὡς πρὸς τὴν αἴτησιν ταύτην.

ρατος αὐτοῦ, καὶ, ὡς προσθέτει ὁ νομοδιδάσκαλος, ὁ σκοπὸς αὐτῆς. (Denn bei der condictio ob causam datorum kann der Natur der Sache nach nur die datio und ihr Zweck, nicht aber das Betragen und die Schuld des Empfængers in Betracht kommen). Ἐπειδὴ λοιπὸν, ἐξακολουθεῖ ὁ ἑρμηνευτής, ὁ Paulus εἰς τὴν ἀπὸ τοῦ sed ἕως culpam praestare debes περίοδον λαλεῖ περὶ ῥαθυμίας καὶ περὶ τῆς διαγωγῆς τοῦ δεχθέντος τὸ πρᾶγμα, αὐτὴ δὲ, δὲν παρατηρεῖται παντάπασιν ἐπὶ τῆς τῶν ἐξ αἰτίας δοθέντων κλ. αἰτήσεως, ἕπεται ἐκ τούτου ὅτι ἡ εἰρημένη περίοδος δὲν ἀναφέρεται εἰς τὴν αἴτησιν ταύτην, ἀλλὰ εἰς τὴν τῶν προγεγραμμένων ῥημάτων ἀγωγήν.

Ὁ Κ. Rosshirt νομίζει, ὅτι εἰς τὴν τῶν ἐξ αἰτίας δοθέντων κλ. αἴτησιν δὲν παρατηρεῖται ἡ διαγωγὴ καὶ ἡ ῥαθυμία τοῦ δεχθέντος τὸ πρᾶγμα· ἀλλὰ παράδοξον πῶς διέφυγε τὸν νομοδιδάσκαλον τοῦτον τὸ Βιβλ. 4 Τίτλ. 6 διάταξις 40, ἐν ᾗ οἱ Αὐτοκράτορες Μαξιμιανὸς καὶ Διοκλητιανὸς ῥητῶς λέγουσιν ὅτι ἡ τῶν ἐξ αἰτίας δοθέντων κλ. αἴτησις, ἡ σκοπὸν ἔχουσα τὴν ἀνάληψιν πράγματος δοθέντος ἐπὶ αἰτίᾳ μὴ παρακολουθησάσῃ ἐξαρτᾶται ἀπὸ τὴν ῥαθυμίαν τοῦ δεχθέντος τὸ πρᾶγμα. Ἐντεῦθεν γίνεται πρόδηλον, ὅτι ὁ λόγος, ἐφ' οὗ στηρίζεται ἡ ἑρμηνεία τοῦ Κ. Rosshirt δὲν εἶναι βάσιμος, καὶ ἑπομένως ὀφείλομεν νὰ παραδεχθῶμεν τὴν ἑρμηνείαν τοῦ Κ. Wæchter, ἥτις συμφωνεῖ καὶ μὲ τὴν ἀρχὴν περὶ τῶν συνεπειῶν τῶν τυχηρῶν καὶ μὲ τῆς γραμματικῆς τοὺς κανόνας. Παρατηρητέον δὲ ὅτι ἐκ τῆς ὀρθότητος τῆς μιᾶς ἢ τῆς ἄλλης τῶν εἰρημένων ἑρμηνειῶν ἐξαρτᾶται ἡ λύσις τοῦ ζητήματος, ἂν ἡ ἐν τῷ § 9. ἐκτεθεῖσα ἀρχὴ ἰσχύει εἰς τὰ

πραγματικὰ συναλλάγματα· διότι κατὰ μὲν τὴν ἑρμηνείαν τοῦ
Κ. Waechter τὰ κωλύσαντα τὴν ἐκπλήρωσιν τῆς ἐνοχῆς τοῦ
ἑνὸς μέρους τυχηρὰ δὲν λύουν τοῦ ἑτέρου τὴν ἐνοχήν, ἐπειδὴ
ὁ νόμος λέγει, ὅτι ὁ δώσας διὰ νὰ λάβῃ ἀντὶ τοῦ δοθέντος
ἄλλο τι δὲν ἔχει τὸ δικαίωμα, ἐμποδισθέντος τοῦ ἄλλου εἰς
τὴν ἐκπλήρωσιν τῆς ἐνοχῆς του, νὰ ἀναλάβῃ τὸ δοθὲν (peri-
culo meo Stichus erit), ὅπερ ἠδύνατο νὰ πράξῃ ἂν ὁ λαβὼν
τὸ πρᾶγμα παρέλιπεν ἐκ ῥαθυμίας τῆς ἐνοχῆς του τὴν ἐκ-
πλήρωσιν (36 a)· ἀπὸ δὲ τῆς ἑρμηνείας τοῦ Κ. Rosshirt
ἐξάγεται, ὅτι ὁ νόμος δὲν ὁμιλεῖ ἐδῶ παντάπασι περὶ τῶν
συναπειῶν τῶν τυχηρῶν, ὡς πρὸς τὸν δώσαντα τὸ πρᾶγμα,
ὅταν ὁ ἕτερος ἐμποδισθῇ νὰ πραγματοποιήσῃ τὴν ἐνοχὴν
του, καθ᾽ ὅτι εἴδομεν ὅτι κατὰ τὸν Rosshirt ἡ ἐναντιω-
ματικὴ περίοδος • Sed si scyphos etc , δὲν ἀναφέρεται
εἰς τὴν τῶν ἐξ αἰτίας δοθέντων κλ. αἴτησιν· ἑπομένως
πρέπει νὰ ἀνατρέξωμεν εἰς τοὺς περὶ τυχηρῶν ἐν τῷ § 8
ἐκτεθέντας κανόνας, ἐκ τῶν ὁποίων, ὡς εἴπομεν, κατὰ τὸν
Rosshirt ἐξάγεται ἀποτέλεσμα ὅλως διόλου ἐναντίον τῷ
ἀνωτέρῳ ἐκτεθέντι.

Ψέγει ἐπίσης ὁ Κ. Rosshirt τὴν κατὰ τὸν Waechter
ἑρμηνείαν τοῦ Βιβλ. 12 Τίτλ. 4 διγ. τελευταίου (Βασιλ.
XXIV. 1. 16. ἰδ. Φ. Τομ. 3 Σ. 500) καὶ τοῦτο διὰ μόνον
τὸν λόγον ὅτι ἐνταῦθα ὁ μὲν Κέλσος ὁμιλεῖ περὶ τῆς ἀν-
τιθέσεως τοῦ συναλλάγματος τῆς πράσεως πρὸς τὸ τῆς
ἀνταλλαγῆς, ἡ δὲ ἀντίθεσις αὕτη δὲν ὑπάρχει, λέγει ὁ Κ.
Rosshirt, ἂν ἀκολουθήσωμεν τοῦ ἄλλου νομοδιδασκάλου τὴν
ἑρμηνείαν. Ἀλλ᾽ ἂς μοὶ ἐπιτραπῇ νὰ παρατηρήσω ὅτι ὁ

____

(36a) Ἴδε τὴν Σημ. 45.

Κέλσος διακρίνει μὲν ἐνταῦθα τὴν πράσιν τῆς ἀνταλλαγῆς, ἡ διάκρισις ὅμως αὕτη μήτε εἶναι ὁποίαν τὴν νομίζει ὁ Κ. Rosshirt μήτε λείπει ἀπὸ τὴν ἑρμηνείαν τοῦ Κ. Wæchter Ὁ Κέλσος καὶ ὁ Wæchter δὲν λέγουσιν, ὡς διατείνεται ὁ ἡμέτερος νομοδιδάσκαλος, ὅτι ἡ μεταξὺ τῶν δύο τούτων συναλλαγμάτων, ὑπάρχουσα διαφορὰ γεννᾶται ἐν περιπτώσει τυχηρᾶς ἀπωλείας τοῦ ἀντικειμένου πρὸ τῆς ἀρχῆς τοῦ συναλλάγματος ἀλλ' ἀμφότεροι συμφωνοῦσιν, ὅτι ἡ διαφορὰ ἀναφύεται ὅταν τὸ ἓν ἀντικείμενον ἀπωλεσθῇ πρὸ τῆς χορηγήσεως τοῦ ἀντ' αὐτοῦ ὑποσχεθέντος (37). Εἰς τὸ τῆς πράσεως συνάλλαγμα ἔχουσιν ἐπιρροὴν τὰ τυχηρὰ ὅταν ἐπισυμβῶσιν καὶ πρὸ τῆς παραδόσεως (Praestatio) τοῦ ἑνὸς ἀντικειμένου, διότι τὸ συνάλλαγμα τοῦτο ὑφίσταται καὶ πρὸ τῆς παραδόσεως ταύτης διὰ μόνης τῆς ψιλῆς συναινέσεως. Εἰς τὸ τῆς ἀνταλλαγῆς ὅμως συνάλλαγμα δὲν ἔχουσί τινα συνέπειαν τὰ πρὸ τῆς παραδόσεώς τοῦ ἑνὸς ἀντικειμένου ἐπισυμβάντα τυχηρὰ, διότι πρὸ τῆς ἐκπληρώσεώς τοῦ συμφώνου ἀπὸ τὸν ἕνα τῶν συμβαλλομένων δὲν ὑπάρχει παντάπασι συνάλλαγμα ἀνταλλαγῆς (38). Ἰδοὺ ἡ μεταξὺ τῶν δύο τούτων συναλλαγμάτων διαφορὰ, καὶ ταύτην παρατηροῦσιν ὅ,τε Κέλσος καὶ ὁ Waechter.

Τελευταῖον ὁ Κ. Rosshirt, πραγματευόμενος περὶ τοῦ βιβλ. 4. τιτλ. 6. διαταξ. 10 (Βασιλ. XXIV. I. 38. Ε. Φ.

---

(37) Ἴδε τοὺς περὶ ὧν ὁ λόγος νόμους καὶ τὸν Wæchter im Archie f. d. c. Praxis Τόμ. 15. τετρ. 2. Σελ. 217, 218 καὶ τοῦ αὐτοῦ τὸ σύγγραμμα De condiotionc causa d. c. n. s. P. 62—73.

(38) Διότι ἡ ἀνταλλαγὴ εἶναι ἐκ πραγμάτων συνάλλαγμα (contractus realis).

Τόμ. 3. Σ. 506.), κατακρίνει πάλιν τοῦ Κ. Wæchter τὴν ἑρμηνείαν (39)· ἀλλὰ καθ' ἡμᾶς καὶ πάλιν ἀδίκως διότι,

α) Ἂν καὶ τὸ βιβλ. 4. τιτλ. 6. διαταξ. 10 ἦναι βασιλικὴ ἀντιγραφὴ (rescriptum) ἑρμηνευτέα κατὰ τὴν ἐν αὐτῇ ἀναφερομένην εἰδικὴν περίστασιν, τοῦτο δὲν παρέχει τῷ ἑρμηνεῖ τὸ δικαίωμα νὰ ὑποθέσῃ τὴν διάταξιν στηριζομένην εἰς περίπτωσιν ἀδύνατον ὡς ἔπραξεν ὁ Rosshirt, καθ' ἃ θέλομεν ἴδει..

6′) Ἐνῷ ὁ ἑρμηνευτὴς λέγει, ὅτι ἡ διάταξις ἀναφέρεται εἰς περίπτωσιν ταλαντευομένην ἐπὶ τῶν ὁρίων τοῦ συναλλάγματος τῆς πράσεως καὶ τοῦ τῆς ἀνταλλαγῆς, ἐν ἄλλαις λέξεσιν ὅτι εἶναι ἀμφιβολία ἂν ὑπάρχῃ τὸ πρῶτον ἢ τὸ δεύτερον συνάλλαγμα, ἡ περὶ ἧς ὁ λόγος διάταξις λαλεῖ περὶ pecunia data ob causam, μεταχειριζομένη ἔκφρασιν γενικὴν καὶ εἰς ἅπαντα τὰ ἀνώνυμα συναλλάγματα ἀναγομένην, μηδὲ λέξιν περιέχουσα περὶ ἀμφιβολίας, ἂν εἰς τὴν περίπτωσιν ἐφ' ἧς ἐξεδόθη ὑπάρχει συνάλλαγμα πράσεως ἢ ἀνταλλαγῆς.

γ) Ὁ Rosshirt φρονεῖ, ὅτι ἡ διάταξις ἐξεδόθη ἐπὶ περιπτώσεως καθ' ἣν πρὸ τῆς ἐκπληρώσεως τῆς ἐνοχῆς ὑπὸ τοῦ ἑνὸς τῶν συμβαλλομένων, τὸ συνάλλαγμα ἔφερε χαρακτῆρα πράσεως καὶ ἀγορασίας, ἄρα, ἐπάγει ὁ νομοδιδάσκαλος, ἂν ὁ τὰ χρήματα ὑποσχεθεὶς ἐποστῇ τὸν κίνδυνον (periculum κατὰ τὴν ἔννοιαν τοῦ §. 3) πρὸ τῆς ἐκπληρώσεως τῆς ἐνοχῆς του (ὅτε δηλ. ὑπῆρχε συνάλλαγμα πράσεως) διατί νὰ μὴ τὸ ὑποστῇ καὶ μετὰ τὴν ἐκπλήρωσιν (ὅτε τὸ

· (39) ἰδὲ τὸ προαναφερθὲν σύγραμμα de condict. c. d. c. n. 8. Σ. 75—76.

συνάλλαγμα μετατρέπεται εἰς ἀνώνυμον). Ἀλλὰ εἶναι παντάπασιν ἀδύνατος ἡ ὕπαρξις περιπτώσεως, καθ' ἢν τὸ τῆς πράσεως συνάλλαγμα διὰ τῆς ἐκπληρώσεως τῆς ἐνοχῆς ὑπὸ τοῦ ἑνὸς τῶν συμβαλλομένων, νὰ μεταμορφώνεται εἰς συνάλλαγμα ἀνώνυμον· τοῦτο ἀντίκειται εἰς τοὺς κεφαλαιώδεις κανόνας τοῦ δικαίου καὶ τούτου ἕνεκα φρονοῦμεν, ὅτι ἡ διάταξις λαλεῖ περὶ συναλλάγματος πράσεως (τοῦτο δὲ καὶ πρὸ τῆς ἐκπληρώσεως τῆς ἐνοχῆς, καὶ μετ' αὐτὴν) ἤτοι περὶ συναλλάγματος ἀνωνύμου. Τὸ πρῶτον δὲν φαίνεται πιθανὸν διότι ἡ διάταξις εὑρίσκεται ἐν τῷ τίτλῳ τῷ πραγματευομένῳ περὶ τῆς τῶν ἐξαιτίας δοθέντων κλ. αἰτήσεως (40)· τὸ δεύτερον ὅμως, ὅτι δηλαδὴ πρόκειται περὶ συναλλάγματος ἀνωνύμου, ὡς νομίζει ὁ Wæchter, τοῦ ὁποίου τὴν γνώμην ἀπορρίπτει ὁ ἕτερος νομοδιδάσκαλος, φαίνεται βέβαιον, καὶ ἐξάγεται ἐκ τῶν λέξεων pecunia data ob causam (χρήματα δοθέντα ἐξ αἰτίας τινὸς), ὅθεν πηγάζει ὁ λόγος τῆς τῶν ἐξ αἰτίας δοθέντων αἰτήσεως, αἰτήσεως ἥτις ἐκτὸς μικρῶν ἐξαιρέσεων, τὰς ὁποίας βέβαια ὁ ἑρμηνευτὴς δὲν ἔχει τὸ δικαίωμα νὰ ὑποθέσῃ ἐνταῦθα, ἀνήκει εἰς τὰ ἀνώνυμα συναλλάγματα.

§ 11.

Ὅτι ἡ ἐν τῷ § 9 διαλαμβανομένη ἀρχὴ ἰσχύει καὶ εἰς τὴν ἐπερώτησιν.

Ἐκ τῶν ἄχρι τοῦδε λεχθέντων ἐξάγεται ὅτι τὰ κατὰ τῆς ἑρμηνείας τοῦ Wæchter ὑπὸ τοῦ Rosshirt ἐπαχθέντα δὲν

---

(40) Τὴν ἀφορμὴν ταύτην δὲν γεννᾷ ποτὲ τὸ τῆς πράσεως συνάλλαγμα, καθότι εἶναι μᾶλλον γέννημα τῶν ἀνωνύμων συναλλαγμάτων.

εἶναι βάσιμα, καὶ ὅτι ἡ γνώμη τοῦ πρώτου στηρίζεται ἐπὶ τῶν νόμων αὐτῶν, κατὰ τοὺς ὁποίους ἡ ἀρχὴ, ἡ ἐφαρμοζομένη εἰς τὸ συνάλλαγμα τῆς πράσεως ἰσχύει καὶ ἐπὶ τῶν ἀνωνύμων συναλλαγμάτων ὑπὸ τὸν ἐν τῇ σημειώσει 20 ἀναφερόμενόν περιορισμόν. Ἀλλὰ τὸ καθ' ἡμᾶς πειθόμεθα ὅτι ἡ ἀρχὴ αὕτη ἐφαρμόζεται ὑπὸ τοῦ Ρ. Δ. ὄχι μόνον εἰς τὰ ῥηθέντα εἴδη τῶν συναλλαγμάτων, ἀλλὰ καὶ εἴς τι ἄλλο εἶδος, τὸ ὁποῖον κατὰ τοὺς ἀρχαιοτέρους μάλιστα χρόνους, ἐπὶ τῆς δημοκρατίας, ἦτον ἓν τῶν συνειθεστάτων καὶ συνεχεστάτων συναλλαγμάτων, καὶ διὰ τοῦ ὁποίου οἱ πολῖται πρὸς ἀσφάλειαν αὐτῶν (41) ἠδύναντο νὰ περιβάλλουν ἄπαντα τῶν συμφώνων τὰ εἴδη (42), ἐννοῶ τὴν *ἐπερώτησιν* (stipulatio).

---

(41) Ἐπειδὴ πᾶν σύμφωνον δὲν ἐγεννοῦσαν ἀγωγὴν, ὡς π. χ. τὰ ψιλὰ σύμφωνα (pacta nuda), οἱ πολῖται ἐσυνείθιζαν νὰ κυρώνουν τὰ σύμφωνά των διὰ τῆς ἐπερωτήσεως.

(42) Heineccii Antiquitatum Romanarum Synt. L. III. T. XVI—XX. 14 Commune itaque stipulatio erat, omnium obligationum adstringendarum vinculum. Unde adhibebatur in emtionibus venditionibus: Varro de re rustica II. 2. 5. Plautus Captiv. Act. IV. sc. 2. v. 118. L. 3. §. 1. D. de actionibus emti venditi, in pactis: Pauli sent. recept. II. 22. L. 7. §. 12. D. de pactis, in mutuo: L. 6. §. 1. D. de novationibus, in cautionibus vel chirographis: L. 40 D. de R. C. L. 122. §. 1. D. d° V. O., in locationibus conductionibus: L. 54. pr. D. locati L. 58' pr. De fidejussoribus, in societatibus L. 71. D. pro socio, immo in reliquis contractibus omnibus. Ἴδε καὶ Βιβλ. 2. Τιτλ. 4. διατ. 7. καὶ Βιβλ. 4. Τιτλ. 64. διαταξ. 4.

§ 12.

Ἀπόδειξις τοῦ ἐν τῷ προλαβόντι § περιεχομένου ἰσχυ-
ρισμοῦ· ἑρμηνεία τοῦ Βιβλ. 12 Τίτ. 4 Διγ. 3 Θέμ. 4.

Ὁ νομοδιδάσκαλος Οὐλπιανὸς ἀναφέρει εἰς τὸ 26 Βιβλ.
περὶ τοῦ Ἐδίκτου (43) τὸ ἑξῆς ζήτημα. Ἐὰν σοὶ δώσω
(χρήματα, τοῦτο ἀναπληρωτέον ἐκ τοῦ προοιμίου τοῦ νόμου)
διὰ νὰ ἀπελευθερώσῃς ἐντὸς ὡρισμένου χρόνου τὸν δοῦλον
Στῖχον, σὺ δὲ δὲν πράξῃς τοῦτο, τί λέγει τὸ δίκαιον; Καὶ
ἐνταῦθα ὁ Οὐλπιανὸς ἀποκρίνεται. Πρὶν ἢ παρέλθῃ ὁ προσ-
διωρισμένος χρόνος, δὲν δύναμαι νὰ ἀπαιτήσω τὸ δοθέν, ἐκ-
τὸς ἂν μετανοήσω (44)· μετὰ παρέλευσιν δὲ τοῦ χρόνου

(43) Βιβλ. 12. Τίτλ. 4. δίγ. 3. θέμ. 3. Βασιλ. XXIV. 1. 3. Ε. Φ.
Τομ. 3. Σ. 494.

(44) Διότι ἐνταῦθα πρόκειται περὶ ἑνὸς ἐκ τῶν ἀνωνύμων συναλλαγμά-
των, εἰς δὲ τὰ τοιαῦτα συναλλάγματα, τὰ ὁποῖα διὰ μόνης τῆς ὑπὸ τοῦ
ἑνὸς τῶν συναλλαττομένων ἐκπληρώσεως τοῦ ὑποσχεθέντος ἀνελάμβανόν τὴν
φύσιν συναλλάγματος, δηλ. ἐδίδαν χώραν εἰς ἀγωγὴν, ἐνῷ πρὸ τῆς ἐκ-
πληρώσεως ταύτης ἦσαν ψιλὰ μόνον σύμφωνα (ἄνευ ἀγωγῆς), εἰς τὰ τοιαῦτα,
λέγω, συναλλάγματα ἐδύνατο ὁ ἐκπληρώσας τὸ ὑποσχεθὲν, ἐνόσῳ δὲν εἶχεν
ἐκπληρώσει καὶ ὁ ἕτερος τὴν ὑπόσχεσιν, νὰ μετανοήσῃ (jus pœtinendi) καὶ
νὰ ἀπαιτήσῃ τὸ δοθὲν διὰ τῆς τῶν ἐξ αἰτίας δοθέντων κλ. αἰτήσεως. Κατὰ
τοὺς νεωτέρους χρόνους ἐγράφησαν πολλὰ περὶ τῶν συναλλαγμάτων τούτων
καὶ περὶ τοῦ δικαίου τῆς μετανοίας. Ἐπειδὴ τὸ ἀντικείμενον τοῦτο εἶναι ἐκτὸς
τοῦ προκειμένου, ἀρκοῦμαι νὰ παραπέμψω τὸν ἀναγνώστην εἰς τὰ συγγράμ-
ματα ταῦτα. E. Gans Obligationenrecht V. 169—212. Οὗτος ἀρνεῖται
παντάπασι τὴν ὕπαρξιν τῶν ἀνωνύμων συναλλαγμάτων καὶ τοῦ δικαίου τῆς
μετανοίας· ἐναντίον δὲ αὐτοῦ ἔγραψεν ὁ Meno Pœhls Versuch einer
gruendlichen Darstellung der Lehre von den Innominalcontracten.
Heidelberg 1821. Ὁ συγγραφεὺς οὗτος, διὰ βασίμου συζητήσεως καὶ ἑρ-
μηνείας τῶν πηγῶν, ἀπέδειξεν ἐσφαλμένην τὴν γνώμην τοῦ Ε. Gans. Τὸ
κατ' ἐμὲ, συμφωνῶν κατὰ τὰ ἄλλα μετὰ τοῦ Κ. Meno Pœhls, μόνον ὡς
πρὸς τὴν ὁποίαν ἐκτίθησιν αἰτίαν τῆς εἰσαγωγῆς τοῦ δικαίου τῆς μετανοίας

τούτου, δύναμαι νὰ ἀπαιτήσω ὅ,τι ἔδωκα (45). Μετὰ δὲ
ταῦτα ἐξακολουθεῖ ὁ Οὐλπιανός· ἐὰν ὁ Στῖχος, ὃν σὺ ὤφειλες νὰ
ἀπελευθερώσῃς καὶ διὰ τοῦ ὁποίου τὴν ἀπελευθέρωσιν ἔλαβες
παρ' ἐμοῦ τὸ συμφωνηθὲν, ἀποθάνῃ (πρὸ τῆς ἀπελευθερώσεως)
ἠμπορῶ ἆρα γε νὰ ἀπαιτήσω ὅπερ σὲ ἔδωκα; Καὶ ἀποκρί-
νεται εἰς τὴν ἐρώτησίν ταύτην τὴν αὐτὴν μὲ τὸν Πρόκουλον,

ἐπὶ τοῦ εἴδους τούτου τῶν συναλλαγμάτων (Σ. 78—90.) νομίζω ὅτι πρέπει
νὰ διαφωνήσω πρὸς αὐτόν. Ἀλλά περὶ τούτου δὲν ἁρμόζει νὰ ἐκτανθῶ ἐν-
ταῦθα. Ἴδε πρὸς τούτοις Schmitthenner Ueber Vertræge, ins besondere
das Reürecht. Glessen 1831. Αἱ τελευταῖαι ἔρευναι ἔγειναν, καθ' ὅσον
γνωρίζω, ἀπὸ τὸν Καθηγητὴν Rosshirt ἐν τῷ καὶ ἀνωτέρω ἀναφερθέντι
περιοδικῷ συγγράμματι Zeitschrift für Civil und Criminalrecht Τόμ. 2.
Τετρ. 3. Σ. 378. καὶ ἑπόμεναι. Εἰς τὸ ἰδιαίτερον αὐτοῦ σύγγραμμα Ueber
das System der Vertræge. Heidelberg 1839. Σ. 52—55. ὁ νομοδι-
δάσκαλος οὗτος θεωρεῖ τὸ τῆς μετανοίας δίκαιον ὡς προερχόμενον ἀπὸ τὴν
φύσιν αὐτὴν τῶν ἀνωνύμων συναλλαγμάτων καὶ ἀπὸ τὸ φυσικὸν δίκαιον.
Νομίζει δὲ ὅτι τὸ τῆς μετανοίας δίκαιον ὡς τοιοῦτον, ἰσχύει ἔτι καὶ τὴν
σήμερον, ἐκφράζων τοιουτοτρόπως γνώμην νέαν καὶ τῆς κοινῆς ἐναντίαν, ἀλλὰ
συγγενῆ πρὸς τὰς λοιπὰς γνώμας αὐτοῦ, ἐκθέσαντες εἰς τὸ τελευταῖον σύγ-
γραμμά του ἄχρι τοῦδε ἄγνωστον θεωρίαν περὶ συναλλαγμάτων κατὰ τὸ
Ρ. Δ.

(45) Διότι δὲν ἐκπλήρωσες ὅ,τι ὑπεσχέθης καὶ εἰς τοιαύτην περίστασιν
ἔχω τὴν ἐξ αἰτίας δοθέντων κλ. αἴτησιν· ἡ αἴτησις ἄρα αὕτη λαμβάνει χώ-
ραν εἰς δύο περιστάσεις καὶ ἐκ δύο αἰτιῶν (Wæchter dissertat. de con-
dictione causa d. c. n. s. P. 46. nt. 52. Pœhls l. c. P. 117. sq.)

1) ὅταν ὁ τὴν ἐκπλήρωσιν δεχθεὶς δὲν ἐκπληρώσῃ καθ' ἑαυτὸν τὸ ὑποσχε-
θὲν, ὡς τοῦτο συνέβη ἐνταῦθα· ὥστε διὰ νὰ ἔχῃ ὁ ἐκπληρώσας τὸ τῆς αἰτή-
σεως δικαίωμα, ἀπαιτεῖται ἐνταῦθα πάντοτε ἐνοχὴ πρὸς ἐκπλήρωσιν καὶ μὴ
ἐκπλήρωσις τῆς ἐνοχῆς ταύτης ἐκ μέρους τοῦ δεχθέντος·

2) ὅταν ὁ ἐκπληρώσας μετανοήσῃ καὶ τούτου δοθέντος μόνη αἰτία, δι' ἣν
ὁ ἐκπληρώσας ζητεῖ τὴν ἀνάληψιν τοῦ ἐκπληρωθέντος, εἶναι ἡ μετάνοιά του,
ἀδιαφόρως ἂν ὁ δεχθεὶς τὴν ἐκπλήρωσιν, δὲν ἐξεπλήρωσε τὸ ὑποσχεθὲν ἐκ
ῥαθυμίας, ἢ διότι δὲν ἔφθασεν ὁ χρόνος τῆς ἐκπληρώσεως.

ἄλλον νομοδιδάσκαλον, ἀπόκρισιν, ὅτι τοῦ Στίχου ἀποθανόν-
τος μετὰ τὴν παρέλευσιν τοῦ πρὸς τὴν ἀπελευθέρωσίν προσ-
διορισμένου χρόνου, δύναμαι νὰ ζητήσω τὴν ἀνάληψιν τοῦ
δοθέντος (46). Ἀποθανόντος ὅμως αὐτοῦ ἐντὸς τοῦ προσ-
διωρισμένου χρόνου, οὐ δύναμαι (47)· καὶ ἔπειτα προσθέτει
τοὺς σημαντικοὺς αὐτοὺς λόγους « Quinimmo etsi nihil
tibi dedi, ut manumitteres, placuerat tamen, ut darem,
ultro tibi competere actionem, quae ex hoc contractu
nascitur, i. e. condictionem, defuncto quoque eo. »

Ἡ ἑρμηνεία τοῦ νόμου τούτου εἶναι προδήλως δύσκολος
καὶ τούτου ἕνεκα ὑπάρχουσι περὶ αὐτοῦ ἀπειράριθμοι γνῶ-
μαι. Ὁ Ἀκκούρσιος ἐν ταῖς περὶ τοῦ Corpus juris ἑρμη-
νείαις (Glossa) παρατηρεῖ, καθ’ ὅσον ἀφορᾷ τὴν λέξιν con-
dictio (παράδοξον τῷόντι ὅτι μόνη αὕτη ἡ λέξις ἐκρίθη
ἀξία ἐξηγήσεως), ὅτι δι’ αὐτῆς δὲν εἶναι δυνατὸν νὰ ἐννοή-
σωμεν τὴν τῶν ἐξ αἰτίας δοθέντων κλ. αἴτησιν, ἀλλὰ γε-
νικὴν τινὰ ἀπαίτησιν (condictionem generalem), ἤτοι
προσωπικὴν ἀγωγήν· καὶ ἡ παρατήρησις αὕτη εἶναι ὀρθὴ,
ἂν καὶ δὲν μᾶς ὠφελεῖ, διότι τὸ κύριον ἐνταῦθα ζήτημα
εἶναι, πῶς εἰμπορεῖ νὰ ὀνομασθῇ συνάλλαγμα (contractus),
τὸ σύμφωνον τοῦτο καὶ νὰ δώσῃ ἀφορμὴν εἰς ἀγωγὴν

---

(46) Διὰ τῆς εἰς τὴν προηγουμένην σημείωσιν ἀναφερθείσης αἰτήσεως,
μεταξὺ δὲ τῶν δύο αὐτόθι ἐκτεθεισῶν αἰτιῶν διὰ τὴν πρώτην, διότι ἐνταῦθα
ἅμα παρελθόντος τοῦ χρόνου ἐντὸς τοῦ ὁποίου ὤφειλες νὰ ἀπελευθερώσῃς τὸν
Στίχον, χωρὶς νὰ πράξῃς τοῦτο, δὲν ἐξεπλήρωσες τὴν ἐνοχήν σου καὶ ἑπο-
μένως ἡ τοῦ δοθέντος αἰτία δὲν παρηκολούθησε.

(47) Οὐ δύναμαι, διὰ τὴν ἐν τῇ σημειώσει 45 ἀναφερθεῖσαν πρώτην
αἰτίαν, ἀλλὰ δύναμαι ἕνεκα τῆς δευτέρας, ὅπερ ἐστὶ δυνάμει τοῦ δικαίου
τῆς μετανοίας.

(actionem, quæ ex hoc contractu nascitur), ἐνῷ ὁ εἷς τῶν συμβαλλομένων οὐδὲν ἔδωκεν (nihil dedi), ὁ δὲ ἄλλος δὲν ἐξεπλήρωσε τὴν ὑπόσχεσίν του, δηλ. δὲν ἀπελευθέρωσε τὸν δοῦλον, (ἴδε τὸ ἐδάφ. 2 τοῦ νόμου, ὅπου ὁ Οὐλπιανὸς διηγεῖται τὴν περίπτωσιν, τὴν δώσασαν ἀφορμὴν εἰς τὴν ἐξήγησίν του, καὶ λέγει sed si tibi dedero, ut Stichum manumittas, si non facis, condicere possum) καὶ ἐνῷ ἠξεύρωμεν ὅτι πρὸς σύστασιν ἀνωνύμου συναλλάγματος ἀπαιτεῖται ἀναγκαίως ἡ ἐκπλήρωσις τοῦ συμφώνου ἐκ μέρους ἑνὸς τῶν συμφωνησάντων (48). Ἰδοὺ ἡ κυρία δυσκολία τοῦ προκειμένου νόμου, τὴν ὁποίαν δὲν διαλύει παντάπασι ἡ τοῦ Ἀκκουρσίου ἑρμηνεία (49). Ἡ δυσκολία αὕτη παρεκίνησε καὶ τοὺς μεγαλοφυεστέρους νομοδιδασκάλους νὰ καταφύγωσι πρὸς διάλυσιν αὐτῆς εἰς τὰ βιαιότερα μέσα. Ὁ περικλεῆς Cujacius φρονεῖ, ὅτι αἱ λέξεις i. e. condictionem εἶναι ἀντιγραφέως ἄτοπος προσθήκη (glossema)· ἀλλὰ τὰς λέξεις ταύτας ἀπαντῶμεν εἰς ἅπαντα τοῦ Corpus juris τὰ χειρόγραφα, καὶ εἰς τῶν Βασιλικῶν τὰ σχόλια ἀναγινώσκομεν «ἀπαιτοῦμαι διὰ τοῦ *κονδικτίου*» (50),

---

(48) Βιβλ. 19. τίτλ. 4. δίγ. 1. θέμ. 2. 4. Βιβλ. 4. Τίτλ. 64. διαταξ. 6. Βασιλ. XX. 3. 1. Τ. 2. Σ. 496. XX. 3. 2. Τόμ. 2. Ε. 496. XX. 3. 8. Τόμ. 2. Σ. 497· Thibaut Pandecten Τ. Σ. 25. μετὰ τὴν σημ. 1. Meno Pœhls Gründliche Darstellung etc. Σ. 19. καὶ ἑπ. Wæchter dissertatio cit. P. 46. nt. 52.

(49) Καθ' ἃ ὁ Joseph. Fernandez de. Retes λέγει εἰς τὰ συγγράμματά του (Opusculorum L. II. Sect. 1. C. IX. 9. (ἐν τῷ θησαυρῷ τοῦ Meerman Τόμ. 6. Σελ. 109.)), ὁ Ἀκκούρσιος εἶχεν ἤδη τὴν ἰδέαν ὅτι ὁ περὶ οὗ ὁ λόγος νόμος δὲν ἀφορᾷ ἀνώνυμον συνάλλαγμα, ἀλλ' ἐπερώτησιν· χρεωστῶ ὅμως νὰ ὁμολογήσω ὅτι δὲν ἠμπόρεσα νὰ εὕρω τὴν γνώμην ταύτην ἐκ ταῖς ἑρμηνείαις (Glossa) τοῦ Ἀκκουρσίου.

(50) Βασιλ. ἐκδ. Φαβρότου Τόμ. 3. Σελ. 508.

ὥστε ἡ γνώμη τοῦ σοφοῦ τούτου ἀνδρὸς στηρίζεται εἰς εἰκασίαν ἀσθενῆ. Πλὴν καὶ τὰς λέξεις ταύτας ἂν ἐξοβελίσωμεν, δὲν θέλομεν προβῆ πολὺ εἰς τὸ τῆς ἑρμηνείας ἔργον, διότι, ὡς ἤδη ἐρρέθη, ἡ κυρία τοῦ νόμου δυσκολία δὲν περιορίζεται εἰς αὐτάς· ἂν πρὸς διάλυσιν τῆς δυσκολίας ἦτο ἀνάγκη νὰ καταφύγωμεν εἰς φιλολογικὰς τομὰς, συμφερώτερον ἤθελεν εἶσθαι νὰ ἀπορρίψωμεν ὁλόκληρον τὸν νόμον, ὡς ἔπραξεν ὁ εὐφυὴς, ἀλλὰ πολλάκις αὐτογνώμων Ἀντώνιος Φάβερ (51), ὅστις φρονεῖ, ὅτι ἅπας ὁ προχείμενος νόμος εἶναι • ἔμβλημα τοῦ Τριβωνιανοῦ • ὅ ἐστι προσθήκη, γενομένη ὑπὸ Τριβωνιανοῦ τοῦ προέδρου τῆς πρὸς σύνταξιν τῶν νόμων παρὰ τοῦ Ἰουστινιανοῦ διορισθείσης ἐπιτροπῆς. Ἀλλὰ καὶ τοῦτο εἶναι εἰκασία ἀστήρικτος, μολονότι καὶ ἀποδεδειγμένη ἐὰν ἦτο ἡ γνώμη αὕτη, ἡ ἐπιστήμη δὲν ἤθελε μεγάλως ὠφεληθῆ ἐξ αὐτῆς, διότι τί ἄλλο τὸ δίκαιον τοῦ Corpus juris παρὰ τὸ τῆς ἐπιτροπῆς ἐκείνης ἔργον; μὴ δὲν εἴμεθα ὑπόχρεοι νὰ παραδεχθῶμεν ὡς νόμους ὅλας τὰς μεταβολὰς, ὅσας ὁ νομοθέτης (ἤτοι ἐνταῦθα ὁ Ἰουστινιανὸς διὰ τοῦ Τριβωνιανοῦ καὶ τῶν συναδελφῶν αὐτοῦ) ἔκρινε εὔλογον νὰ ἐπιφέρῃ εἰς τὸ πρὸ αὐτοῦ ἰσχύον δίκαιον; ἀνάγκη λοιπὸν νὰ ἀφήσωμεν κατὰ μέρος καὶ τὴν γνώμην ταύτην.

§ 13.

Συνέχεια.

Ὁ Κυπριανὸς Ῥεγνέρος ἀβ Ὀοστέργης (52) νομίζει, ὅτι ὁ νόμος ὑποτίθησι τὸν δοῦλον ἀπελευθερωθέντα ὑπὸ τοῦ

---

(51) Anton Faber Rationalia ad. h. l.

(52) C. Regnerus ab Oosterga ἐν ταῖς περὶ τῶν πανδεκτῶν disputationes αὐτοῦ ad h. l. § 4.

δεσπότου καὶ ἀποθανόντα μετὰ τὴν ἀπελευθέρωσίν του, ἐπαμένως ὅτι ὁ δεσπότης ἐξεπλήρωσε τὸ ὑποσχεθὲν καὶ τούτου ἕνεκα ὑπάρχει ἐνταῦθα ἀνώνυμον συνάλλαγμα· ἀλλὰ τὸ τῆς ἀγωγῆς, τὴν ὁποίαν ὁ νόμος δίδη τῷ δεσπότῃ, ὄνομα (i. e. condictionem) ἐπάγει δυσκολίας αὐτῷ καὶ διὰ τοῦτο νομίζει ἢ ὅτι πρέπει νὰ σβεσθῶσιν αἱ λέξις i. e. condictionem ἢ ὅτι πρέπει νὰ παρεντεθῇ τὸ ἀρνητικὸν ποη μεταξὺ τοῦ i. e. καὶ τοῦ condictionem. Ἀρκεῖ νὰ ἀναγνώσῃ τὶς τὸν νόμον ἀπὸ τοῦ ἐδαφίου 2. μέχρι τέλους διὰ νὰ πεισθῇ ὅτι ἡ γνώμη αὕτη δὲν ἔχει ὀρθῶς· ἐν τῷ ἐδαφίῳ 2. ὁ Οὐλπιανὸς λέγει «ἂν σοὶ δώσω τί διὰ νὰ ἀπελευθερώσῃς τὸν Στίχον, σὺ ὅμως δὲν πράξῃς τοῦτο, δύναμαι νὰ ἀπαιτήσω τὸ δοθέν·» εἰς δὲ τὸ ἐδ. 3. ἐκθέτει τί ὑπαγορεύει τὸ δίκαιον, ὅταν σοὶ δώσω τί ἵνα ἀπελευθερώσῃς τὸν δοῦλόν σου ἐντὸς προσδιωρισμένου χρόνου. Αἱ τοῦ προλαβόντος θέματος λέξεις «si non facis,» ὅτι δηλ. σὺ δὲ τὸν ἀπελευθέρωσες, πρέπει νὰ ἀναφερθοῦν καὶ εἰς τὸ προκείμενον, διότι ἄλλως τὸ ζήτημα τοῦ Οὐλπιανοῦ εἶναι τοὐλάχιστον ἀκατανόητον. Μετὰ τὴν πρότασιν «ἐὰν σοὶ δώσω τί ἵνα ἀπελευθερώσῃς τὸν Στίχον ἐντός τινος προθεσμίας καὶ σὺ ἀπελευθερώσῃς αὐτόν,» δὲν εἶναι δυνατὸν νὰ γενῇ εὐλόγως ἡ ἐρώτησις τί μέλλει γενέσθαι; διότι ἐγὼ μὲν σὲ ἔδωκά τι διὰ νὰ ἀπελευθερώσῃς τὸν δοῦλόν σου, σὺ δὲ τὸν ἀπελευθέρωσες, ἄρα πᾶς τις, καὶ χωρὶς τῆς παραμικρὰς περὶ τῶν νόμων ἰδέας, θέλει εἰπεῖ, ὅτι ἕκαστος ἔπραξε τὸ ὑποσχεθὲν καὶ ἐπομένως δὲν ὑπάρχει ἀφορμὴ εἰς ζήτημα. Ἀλλ' ὁ Οὐλπιανὸς ἐρωτᾶ καὶ ἀποκρίνεται μὲ διακρίσεις δεικνυούσας προφανέστατα, ὅτι τὸ si non facis τοῦ ἐδαφίου 2. ἀναφέρεται καὶ ἐνταῦθα. Εὐθὺς δὲ μετὰ τὸ ἐδαφ. 3 ὅπου ἑπομέ

γνως πρόκειται ἀναμφιβόλως, ὅτι ὁ δοῦλος ἀπέθανε πρὶν ἀπε-
λευθερωθῇ, ἐξακολουθεῖ ὁ Οὐλπιανός • ἐὰν δὲ οὐδὲν ἔδωκά σοι
πρὸς τὴν τοῦ δούλου ἀπελευθέρωσιν, σοὶ ὑπεσχέθην ὅμως τί,
ἔχεις (κατὰ τὸν Πρόκουλον) ἀγωγὴν κτλ. • Πῶς εἶναι λοιπὸν
δυνατὸν, ἐν ᾧ ἄχρι τοῦ δε ἐπρόκειτο περὶ τῆς περιστάσεως,
καθ' ἣν ὁ Στῖχος δὲν εἶχεν ἀπελευθερωθῇ, νὰ ὑποθέσωμεν, ὅτι
διὰ μιᾶς τὸ θέμα μετεβλήθη καὶ ὅτι εἰς αὐτὸ τὸ κῶλον, τὸ
ὁποῖον, συνεχόμενον μὲ τὰ προλαβόντα διὰ τοῦ quinimmo,
ἀποτελεῖ τὸ τελευταῖον μέρος μιᾶς καὶ τῆς αὐτῆς περιόδου,
ὁ Στῖχος θεωρεῖται ὡς ἀπελευθερωθεὶς πρὸ τῆς ἀποβιώσεώς
του (53); Ἡ δευτέρα γνώμη τοῦ Κ. Οοστέργα περὶ τοῦ ὀβε-
λισμοῦ τῶν λέξεων i. e. condictionem ἢ τῆς παρενθέσεως
τοῦ non, ὡς μὴ στηριζομένη εἰς οὐδὲν χειρόγραφον, εἶναι
παντάπασιν αὐθαίρετος καὶ τούτου ἕνεκα ἀπορριπτέα.

Μὲ πολλὴν ὀξύνοιαν ἐπεχείρησε τοῦ νόμου τούτου τὴν
ἑρμηνείαν καὶ ὁ Ἱσπανὸς Fernandez de Retes (54).
Κατὰ τὴν γνώμην αὐτοῦ, ἐν τῷ περὶ οὗ ὁ λόγος θέματι, ὁ
ἕτερος τῶν συμβαλλομένων ἤτοι ὁ τοῦ Στίχου κύριος ἐξεπλή-

---

(53) Τὴν γνώμην ταύτην τοῦ Οosterga μέμφεται καὶ ὁ Wæchter ἴδε
Archiv. f. d. civilist. Praxis Τόμ. 15. Τετρ. 2. Σ. 220. nt. 60.
Παρατηρητέον δὲ ὅτι κατὰ τὸν αὐτὸν μὲ τὸν Οοστέργα τρόπον ἐξηγεῖ τὸν
νόμον καὶ ὁ Schmitthenner ἐν τῷ συγγράμματι αὐτοῦ Ueber Vertræge
etc. Giessen 1831. Σ. 119—120. Ἀλλ' οἱ ἀναφερθέντες κατὰ τῆς γνώ-
μης τοῦ Οοστέργα λόγοι ἐφαρμόζονται καὶ εἰς τὴν ἑρμηνείαν τοῦ Κ. Schmit-
thenner.

(54) Opuscul. L. II. Sect. 1. C. IX. 9. et Sect. II. C. VII. 2. et
sq. (ἐν τῷ θησαυρῷ τοῦ Meerman Τόμ. VI. Σελ. 109. 131. 134.) τὴν
ἑρμηνείαν τοῦ συγγραφέως τούτου ἀποδέχεται καὶ εἷς τῶν μεγίστων νομο-
διδασκάλων τῆς Γερμανίας, ὁ Glück, εἰς τὸ πολύτομον αὐτοῦ σύγγραμμα
ausfuehrliche Erlæuterung der Pandecten. T. 13. Σ. 41. nt. 89.

ρωσε τὴν ὑπόσχεσίν του, ἄρα ὑπάρχει πραγματικῶς ἀνώνυμον
συνάλλαγμα· οἱ δὲ λόγοι του εἶναι οἱ ἑξῆς· Ἀνάγκη νὰ δια-
κρίνωμεν δύο εἰδῶν αἰτίας, δι᾽ ἃς εἷς τῶν συναλλαττομένων
μερῶν χορηγεῖ τι τῷ ἄλλῳ. Χορηγῶ σοι τί ἢ διὰ νὰ ἐκτε-
λέσῃς πρᾶξιν, φέρουσάν μοι χρηματικὸν ὄφελος, οἷον νὰ
στηρίξῃς τὸν σαθρόν μου οἶκον, ἢ διὰ νὰ πράξῃς τί μὴ
φέρον τοιοῦτον πραγματικὸν ὄφελος, ὡς Π. Χ. νὰ ἀπελευ-
θερώσῃς τὸν δοῦλόν σου. Εἰς τὴν πρώτην περίστασιν τὸ χρη-
ματικὸν ὄφελος, εἶναι ὁ κύριος σκοπὸς τοῦ συναλλάγματος,
καὶ ἂν ὁ σκοπὸς οὗτος ματαιωθῇ ἐξ ὁποιασδήποτε αἰτίας,
ματαιοῦται καὶ τοῦ ὑπὸ τοῦ ἑτέρου ὑποσχεθέντος ἡ ἐκπλή-
ρωσις. Εἰς τὴν δευτέραν ὅμως περίστασιν, καθ᾽ ἣν ἐκ τῆς
πράξεώς σου δὲν προκύπτει εἰς ἐμὲ χρηματικὸν ὄφελος, ὁ
σκοπὸς, τοῦ ὁποίου ζητῶ τὴν ἐκτέλεσιν, συνίσταται εἰς τὴν
σὴν προθυμίαν πρὸς ἐκτέλεσιν τοῦ ὁρισμοῦ μου, εἰς τὴν ὑπα-
κοήν σου τῇ θελήσει μου, καὶ τούτου τεθέντος, ἐὰν ἡ ἀποβίω-
σις τοῦ Στίχου ἐπέλθῃ πρὸ τῆς ἀπελευθερώσεως, εἰμπορῶ
ἄρά γε νὰ εἴπω· δὲν ὑπήκουσας εἰς τὴν θέλησίν μου, κατεφρό-
νησας τὸν ὁρισμόν μου; ὄχι βέβαια, διότι σὺ μὲν εἶσαι πρό-
θυμος νὰ τὸν ἐκτελέσῃς καὶ μόνος ὁ τοῦ Στίχου θάνατος κα-
τέστησε τὴν ἐκτέλεσιν ἀδύνατος. Ὅθεν, ἐπειδὴ ἡ ὑπακοὴ καὶ
προθυμία σου πρὸς τὴν ἐκτέλεσιν τοῦ ὁρισμοῦ μου ἧτο τὸ
τέλος, ἐφ᾽ ᾧ σοὶ ἔδωκά τι, σὺ δὲ ἦσο καὶ πρόθυμος καὶ
ὑπήκοος, δὲν δύναμαι νὰ προτείνω, ὅτι ὁ σκοπὸς, δι᾽ ὃν ἔλαβες
τὰ χρήματα, δὲν ἐξετελέσθη καὶ ἐπομένως ὄχι μόνον δὲν
δύναμαι νὰ ζητήσω τὴν ἀνάληψιν τοῦ δοθέντος, ἀλλὰ καὶ τὸ
ὑποσχεθὲν ὀφείλω νὰ ἐκπληρώσω.

Ἀλλ᾽ ἡ τοιαύτη ἀνάλυσις δὲν εἶναι δυνατὸν νὰ ἦναι ὀρθή·

λάγματος τοῦ ἀφορῶντος τὴν ἀπελευθέρωσιν τοῦ δούλου, προέκυψεν εἰς αὐτὸν ζημία, καὶ ὅτι ἐπομένως ἐξ αἰτίας τοῦ συναλλάγματος ἐστερήθη τοῦ δούλου ἄνευ ἀντιτίμου, τότε μόνον δὲν εἶναι ὑπόχρεως νὰ ἐπιστρέψῃ τὰ δοθέντα χρήματα.

« . . . . . Quodsi distracturus non erat eum, oportet id, quod accepit, restitui. δηλ. Ἐὰν δὲ δὲν ἔμελλε νὰ τὸν πωλήσῃ ὀφείλει νὰ ἀποδώσῃ ὅπερ ἔλαβε.

Ὁ Οὐλπιανὸς ἐπομένως ἀναφέρει εἰς τὸ τελευταῖον μέρος τοῦ παρατεθέντος νόμου ἀπόφασιν ἐκ διαμέτρου ἐναντίαν τῆς τοῦ Retes ἀποφάσεως, διότι κατὰ τὸν Ῥωμαῖον νομοδι-δάσκαλον ὁ κύριος τοῦ δούλου, ἂν καὶ πρόθυμος εἰς τὴν ἐκ-πλήρωσιν τῆς θελήσεως τοῦ ἄλλου συναλλαττομένου μέρους, ὀφείλει νὰ ἐπιστρέψῃ τὰ χρήματα, ἡ δὲ ἀπόφασις αὕτη ἤθε-λεν εἶσθαι ἀκατανόητος ἂν ὑποθέσωμεν, ὅτι ὁ κύριος τοῦ δούλου ἐξεπλήρωσε τὴν διὰ τοῦ συναλλάγματος ἐπιβαλλο-μένην αὐτῷ ἐνοχήν. Τὴν αὐτὴν τοῦ ζητήματος τούτου λύσιν εὑρίσκομεν καὶ εἰς τὸ θέμα 4 τοῦ αὐτοῦ νόμου. Ἐκ πάντων δὲ τούτων ἐξάγεται ὅτι καὶ τοῦ Retes ἡ γνώμη εἶναι ἐσφαλ-μένη καὶ ὅτι ἐπομένως χρεία νὰ ἀναζητήσωμεν ἑρμηνείαν ἄλλην εὐλογωτέραν τοῦ Βιβλ. 12. τίτλ. 4. διγ. 3. ἐδαφ. 4.

§ 14.

Συνέχεια.

Καθῆκον παντὸς ἑρμηνευτοῦ εἶναι νὰ ἐξηγῇ τὸν νόμον χωρὶς νὰ ἀπορρίπτῃ, ἄνευ βασίμου λόγου, ὄχι μόνον οὐδεμίαν λέξιν ἀλλ᾽ οὔτε γράμμα, εἰ δυνατόν, τοῦ κειμένου· ἅμα δὲ νὰ ἐξηγῇ αὐτὸν τοιουτοτρόπως, ὥστε τὸ ἐξαγόμενον νόημα νὰ μὴν ἀντιβαίνῃ εἰς τοὺς ὁρισμοὺς τῶν ἄλλων ἰσχυόντων νόμων. Ἂς ἐπαναλάβωμεν καὶ αὖθις τὸ κείμενον τοῦ περὶ οὗ ὁ λόγος νόμου.

Quinimmo etsi nihil tibi dedi ut manumitteres, placuerat tamen, ut darem, ultro tibi competere actionem (Proculus ait, τοῦτο ἀναπληρωτέον ἀπὸ τὸ προηγούμενον θέμα) quae ex hoc contractu nascitur i. e. conditionem, defuncto quoque eo. Εἴδομεν ἀνωτέρω, ἀποκρούοντες τὴν γνώμην τοῦ Retes, ὅτι ἐνταῦθα δὲν ἐμπορεῖ νὰ ἦναι λόγος περὶ ἀνωνύμου συναλλάγματος. Διὰ τοὺς αὐτοὺς, ὅσους αὐτόθι ἐξεθέσαμεν λόγους δὲν πρόκειται ἐνταῦθα βεβαίως μήτε περὶ ἑνὸς τῶν τεσσάρων ἐπωνύμων συναλλαγμάτων, (contractus reales nominati)· εἶναι δὲ προφανέστατον, μηδὲ χρήζει παντάπασιν ἀποδείξεως, ὅτι ὁ νόμος δὲν ὁμιλεῖ οὔτε περὶ πράσεως, μισθώσεως, ἐντολῆς καὶ κοινωνίας, διότι τὸ ἀντικείμενον τῶν συναλλαγμάτων τούτων, εἰδικῶς ὡρισμένον παρὰ τῶν νόμων, δὲν εὑρίσκεται ἐν τῷ χωρίῳ, μήτε τέλος περὶ ἐγγράφου συναλλάγματος, διότι τὸ χωρίον οὐδὲν λέγει περὶ ἐγγράφου. Ἀλλὰ τούτων πάντων ἀφαιρουμένων, ποῖον ὑπολείπεται συνάλλαγμα, ἐπειδὴ περὶ contractus ὁ λόγος ἐν τῷ νόμῳ; Ἡ ἀπάντησις εὔκολος (57)· ὁ νόμος πραγματεύεται περὶ τοῦ συναλλάγματος τῆς ἐπερωτήσεως (58).

---

(57) Γνωστὸν ὅτι τέσσαρα συναλλαγμάτων εἴδη ὑπάρχουσι· aut enim te contrahitur obligatio, aut verbis, aut litteris, aut consensu. Gaji Instit. Lib. III. §. 89.

(58) Κατὰ τὴν μαρτυρίαν τοῦ Retes, ὁ Ἀκκούρσιος εἶχεν ἤδη τὴν γνώμην ταύτην, τὴν ὁποίαν ὅμως κατὰ δυστυχίαν, ὡς εἶπον, δὲν ἠμπόρεσα νὰ εὕρω εἰς τοῦ Ἀκκουρσίου τὰς ἑρμηνείας (Glossa), μετ' αὐτὸν δὲ ὁ Βαρ-

Ἀλλὰ πῶς εἰμπορεῖ ὁ Οὐλπιανὸς νὰ ὁμιλῇ περὶ τῆς ἐπέ-
ρωτήσεως ἐν τῷ τίτλῳ τῷ περὶ τῆς τῶν ἐξ αἰτίας δοθέν-
των κλ. αἰτήσεως, ἀγωγῆς δηλ. εὑρισκομένης κυρίως ὅπου
πρόκειται λόγος περὶ ἀνωνύμων συναλλαγμάτων; τοιαύτην
ἐνδέχεται νὰ μὲ ἀπευθύνωσίν ἐρώτησιν οἱ διαφωνοῦντες πρὸς
ἐμὲ περὶ τῆς ἐννοίας τοῦ χωρίου τούτου. Τὸ τοιοῦτον μὴ
φανῇ παράδοξον, καθ' ὅτι εἰς τὰ δίγεστα ἀπαντῶμεν πολλά-
κις παραδείγματα, τὰ ὁποῖα δὲν ἀνήκουσι μὲν εἰς τὸν τίτλον
ὑφ' ὃν εὑρίσκονται, χρησιμεύουσιν ὅμως πρὸς τελείαν καὶ ἀκριβῆ
διασάφισιν τῆς κυρίας ὕλης (59), πρᾶγμα ὄχι μόνον φυσικὸν
ἀλλὰ καὶ ἀναγκαῖον· οὕτω καὶ ἐνταῦθα. Κατ' ἀρχὰς ὁ Οὐλπια-
νὸς ὁμιλεῖ ἐν τῷ νόμῳ τούτῳ περὶ τῆς περιπτώσεως, καθ' ἣν ὁ
ἐκπληρώσας τῆς ἐνοχὴν δύναται νὰ ἀναλάβῃ τὸ δοθὲν, ἀπὸ δὲ
τῆς δευτέρας περιόδου τοῦ θέματος 3 (Sed si Stichus deces-
serit) ἄρχεται λαλῶν περὶ τῶν τυχηρῶν, καὶ ἐκθέσας, ὅτι ἐπὶ
τῶν ἀνωνύμων συναλλαγμάτων δὲν δύναται νὰ ζητηθῇ τοῦ
δοθέντος ἡ ἀνάληψις ἂν τὸ ἕτερον μέρος κωλυθῇ ἐκ τύχης
εἰς τὴν ἐκπλήρωσιν τὰς ἐνοχῆς του, ἐξακολουθεῖ ἐν τῷ ἐδα-
φίῳ 4 χρώμενος τῷ ἐπιτακτικῷ quinimmno διὰ νὰ δείξῃ
ὅτι ὑπάρχουσι καὶ περιστάσεις, καθ' ἃς καὶ τὸ ὑποσχεθὲν

---

tolomæus Chesius, Different. juris C. 51. n. 6· ἀλλ' οὗτος ἐκθέτει
τὴν γνώμην ταύτην χωρὶς ἄλλης αἰτιολογίας, εἰμὴ ὅτι ὁ νόμος ἄλλως εἶναι
ἀκατανόητος· ἴσως δὲ διὰ τὸ ἀναιτιολόγητον τούτου καὶ ὁ Glück ἀναφέρων
ἐν τῷ Commentar der Hellfeldischen Pandecten Τόμ. 13. P. 41.
nt. 89 τὴν γνώμην τοῦ Chesius τὴν ἀποδοκιμάζει, χωρὶς νὰ στηρίξῃ τὴν
ἀποδοκιμασίαν του ταύτην εἰς λόγον τινά.

(59) Π. Χ. Βιβλ. 19. Τιτλ. 2. διγ. 32. Βιβλ. 19. Τιτλ. 4. διγ. 1·
ἐδαφ. 2. καὶ εἰς τὰ Βασιλ. ΧΧ. 1. 32. Τόμ. 2. Σ. 430. ΧΧ. 3. 1. Τόμ.
2. Σελ. 496. ἐκδ. Φαβρότου.

μόνον καὶ μήπω δοθὲν πρέπει νὰ χορηγηθῇ, καί τοι τοῦ ἄλλου μέρους κωλυθέντος εἰς τὴν ἐκπλήρωσιν τῆς ἐνοχῆς τοῦ (ἐννοεῖται ἐκ τύχης).

Καὶ αὕτη μὲν ἡ παρέκβασις περὶ τούτου. Μεταβαίνομέν δὲ ἤδη εἰς ἄλλην οὐσιωδεστέραν ἔνστασιν. Διατί ὁ Οὐλπιανὸς μεταχειρίζεται τὸν γενικὸν ὅρον Placuerit tamen, καὶ ὄχι τὴν τεχνικὴν κατὰ τὴν ἐπερώτησιν ἔκφρασιν· spopondi ἢ promisi tamen; Ὁ Οὐλπιανὸς κατὰ ἀλήθειαν δὲν εἶναι ἐνταῦθα πολλὰ ἀκριβὴς περὶ τὴν ἔκφρασιν, ἀλλ' εἶναι οὐχ ἧττον ἀληθὲς, ὅτι ὁ γενικὸς ὅρος placuerit ἰσοδυναμεῖ ἐνταῦθα μὲ τὸν ὅρον spopondi καὶ τὴν περὶ τούτου ἀπόδειξιν εὑρίσκομεν εἰς τὰ Βασιλικά. Ταῦτα περιέχουσι δύο μεταφράσεις τοῦ περὶ οὗ ὁ λόγος χωρίου· ἡ μία ἐξ αὐτῶν ἐν τῷ κειμένῳ ὑπὸ ἀνωνύμου τινος μεταφραστοῦ γενομένη ἔχει οὕτως (60). « Εἰ γὰρ μὴ δέδωκά, ἀλλὰ συνεφώνησα, ἐνάγομαι καὶ ἀποθανόντος αὐτοῦ. »

Ὁ ἀνώνυμος μεταφράζει ἐνταῦθα τὴν γενικὴν λέξιν placuerit μὲ τὴν ἐπίσης γενικὴν συνεφώνησα, ἀλλ' ἡ ἑτέρα μετάφρασις, ὑπὸ Κυρίλλου τινὸς γενομένη καὶ εὑρισκομένη εἰς τὰ σχόλια τῶν Βασιλικῶν (61), εἶναι διάφορος, λέγουσα.

« Ἀλλὰ κἂν μὴ ἔδωκά τι, ἐπηγγειλάμην δὲ, ἀπαιτοῦμαι διὰ τοῦ κονδικτίου ».

Ἐκ τῆς μεταφράσεως ταύτης βλέπομεν, ποίαν ἔννοιαν ἀπέδωκεν ὁ Κύριλλος ἐνταῦθα εἰς τὸν ὅρον « placuerit » καὶ νομίζω, ὅτι ὁ νομοδιδάσκαλος οὗτος ζήσας, κατὰ τὴν γνώμην τῶν νεωτέρων κριτικῶν, περὶ τὰ τέλη τῆς Αὐτοκρα-

---

(60) Βασιλ. ἔκδοσ. Φαβρ. Τομ. 3. Σ. 495.
(61) Βασιλ. ἔκδοσ. Φαβρ. Τομ 3. Σ. 508.

τορίας τοῦ Ἰουστινιανοῦ καὶ τιμώμενος διὰ τὴν ἀκρίβειάν του πρέπει νὰ θεωρηθῆ ὁπωσοῦν ἀξιόπιστος, προκειμένου λόγου περὶ τῆς σημασίας μιᾶς λέξεως τῶν Διγέστων τοῦ Ἰουστινιανοῦ· εἶναι δὲ γνωστὸν ὅτι ἡ λέξις « ἐπαγγέλλομαι » εἶναι ὁ τεχνικὸς κατὰ τὴν ἐπερώτησιν ὅρος, σημαίνων Ἑλληνιστὶ ὅ,τι τὸ spondeo Λατινιστί· (62) καὶ εἶναι ἐπίσης γνωστὸν ὅτι ἐπὶ τοῦ συναλλάγματός τούτου, τοῦ μὲν ἑνὸς μέρους ἡ ἐρώτησις ἦτο « spondes ? promittis ? κλ. ἡ δὲ ἀπόκρισις τοῦ ἄλλου « spondeo, promitto κλ (63).

Προσθετέον ἤδη ὀλίγα τινὰ καὶ περὶ τῶν λέξεων τοῦ ἡμετέρου νόμου « i. e. condictionem, » λέξεων, αἵτινες ἐπροξένησαν εἰς τοὺς ἑρμηνευτὰς αὐτοῦ τοσαύτας δυσκολίας. Καθ' ἣν ὑπερασπίζομαι ἑρμηνείαν ὁ Οὐλπιανὸς λέγει « ultro tibi competere actionem quæ ex hoc contractu (ex stipulatione) nascitur i. e. condictionem » ἄρα ὀνομάζει τὴν ἐκ τῆς ἐπερωτήσεως ἀγωγὴν « condictionem » καὶ δικαίως! διότι εἰς τὴν εἰσαγωγὴν 15 ἐν ἀρχῇ ὁ Ἰουστινιαν. λέγει « Ex qua (stipulatione) duæ proficiscuntur actiones, tam c o n d i c t i o certi, si certa sit stipulatio, quam ex stipulatu, si incerta · ἄρα condictio εἶναι ἡ ἐκ τῆς ἐπερωτήσεως πηγάζουσα ἀγωγὴ ὅταν ἡ ἐπερώτησις ἔχῃ ὡρισμένον ἀντικείμενον (certa sit) · ! καὶ τί πλέον ὡρισμένον παρὰ τὰ ὑποσχεθέντα χρήματα περὶ ὧν γίνεται λόγος εἰς τὸν ἡμέτερον νόμον (64); Οἱ λόγοι οὗτοι ἀρκοῦσι, νομίζω, πρὸς ἀπόδειξιν,

---

(62) Labbaei Glossar. Cyrilli Philoxeni aliorumque veterum p. 71 ἐν τῇ λέξει ἐπαγγελία καὶ ἐπαγγέλλομαι.

(63) Gaji Instit. Libr. III. § 92.

(64) Ὅτι ὁ νόμος μας ὁμιλεῖ περὶ pecunia, τοῦτο τὸ βλέπει πᾶς ὅστις τὸν

ὅτι ὁ νόμος, τοῦ ὁποίου ἐπεχείρησα τὴν ἑρμηνείαν, ἀφορᾷ τὴν ἐπερώτησιν, καὶ ὁ ἐν τῷ § 9 ἐκτεθεὶς γενικὸς κανὼν, περὶ τῆς ἐπιρροῆς τῆς τύχης εἰς τὰ συναλλάγματα, ἰσχύει καὶ ὡς πρὸς τὸ τῆς ἐπερωτήσεως.

Τεθέντος δὲ ἅπαξ ὅτι ὁ ἡμέτερος κανὼν ἰσχύει καὶ ὡς πρὸς τὸ συνάλλαγμα τοῦτο, τὸ συμπέρασμα εἶναι προφανές· εἴπομεν, ἐπιχειροῦντες τὴν ἐφαρμογὴν τῆς ἀρχῆς ταύτης εἰς τὴν ἐπερώτησιν, ὅτι τὸ συνάλλαγμα τοῦτο ἦτο κατὰ μόνον τὸν τύπον εἰδικὸν καὶ ὅτι πραγματικῶς ἠδύνατο νὰ περιλάβῃ καὶ ἐπεριλάμβανεν ὅλα τὰ εἴδη τῶν συναλλαγμάτων καὶ συμφώνων· ἡ ἀπόδειξις ἄρα, ὅτι τὸ Ρ. Δ. ἐφαρμόζει τὸν κανόνα εἰς τὴν ἐπερώτησιν, ἔχει τὴν σημαντικὴν συνέπειαν, ὅτι, ἐκτὸς τοῦ συναλλάγματος τῆς πράσεως καὶ ἀγορασίας, ἐκτείνει τὴν ἰσχύν του καὶ ἐφ' ὅλα ὅσα ἠδύνατο νὰ περιβάλλῃ ἡ ἐπερώτησις, ὅπερ ἐστιν εἰς ἅπαντα τῶν συναλλαγμάτων τὰ εἴδη (65) διότι δὲν εἶναι

ἀναγνώσει ἐξ ἀρχῆς. Ἰδὲ περὶ τῆς λέξεως « condictione » καὶ Barth. Chesius Different. juris C. 51. 8. Ἄλλος τρόπος ἐξηγήσεως τοῦ i. e. condictionem, εἶναι ὁ ἑξῆς. Ἡ ἐκ τῆς ἐπερωτήσεως ἀγωγὴ εἶναι ὁμολογουμένως ἀγωγὴ περιωρισμένη (προσωπικὴ, in personam), ὁ δὲ Gajus (Inst. Comment. L. IV. § 5) λέγει· Appellantur autem in rem quidem actiones, vindicationes, in p e r s o n a m vero actiones, quibus dari fierive oportere intendimus, c o n d i c t i o n e s· τὴν αὐτὴν ὀνοματοθεσίαν παρεδέχθη καὶ ὁ Ἰουστινιανὸς (Εἰσαγ. Βιβλ. 4. Τίτλ. 6. § 15.) Τέλος καὶ ἐν ταῖς ἑρμηνείαις τοῦ Ἀκκουρσίου ἀποδίδεται εἰς τὴν λέξιν condictio ἡ ἔννοια προσωπικῆς ἀγωγῆς.

(65) Ὅτι ἡ ἐπερώτησις τὴν σήμερον δὲν ὑπάρχει, εἶναι ἀδιάφορον εἰς τὸν ἡμέτερον συλλογισμόν· κύριος σκοπός μας εἶναι ν' ἀποδείξωμεν, ὅτι ὁ γενικὸς κανὼν ἐφαρμόζετο ἐπὶ τοῦ Ρ. Δ. ὄχι μόνον εἰς τὴν ἐπερώτησιν, ἀλλὰ καὶ εἰς ἅπαντα τὰ σύμφωνα καὶ συναλλάγματα.

Ἂν δέ τις νομίζῃ, ὅτι ὁ κανὼν οὗτος ἐπεκράτει εἰς τὴν ἐπερώτησιν μόν γ

περιττὸν νὰ ἐπαναλάβωμεν, ὅτι οἱ Ῥωμαῖοι κατέφευγαν εἰς
τὸν τύπον τῆς ἐπερωτήσεως πάντοτε, ὁσάκις ἤθελον νὰ κυ-
ρώσωσι σύμφωνόν τι (66).

§ 15.

*Ἑρμηνεία τοῦ βιβλ. 19 τίτλ. 1 διγ. 19 καὶ τοῦ βιβλ. 17
τίτλ. 2 διγ. 58 θεμ. 1.*

Φθάσας εἰς τὸ τέρμα τοῦ σκοποῦ μου, ἤθελα τελειώσει
ἐδῶ τὴν πραγματείαν μου, ἂν δὲν ὑπεσχόμην (§ 10 Σημ. 33)
καὶ δὲν ὤφειλον νὰ δώσω ἐνταῦθα σύντομον τὴν ἐξήγησιν
τεσσάρων νόμων, ἐφ' ὧν στηρίζονται οἱ ἀντίπαλοι τῆς ὁποίας
πρεσβεύω ἀρχῆς, διὰ νὰ ἀποδείξωσιν ὅτι ἡ ἀρχὴ αὕτη πρέπει
δῆθεν νὰ περιορισθῇ μόνον εἰς τὸ τῆς πράσεως καὶ ἀγορα-
σίας συνάλλαγμα καὶ ὅτι ἐπὶ τῶν λοιπῶν συναλλαγμάτων
πρέπει νὰ ληφθῇ ὡς κανὼν, ὅτι, κωλυθέντος τοῦ ἑνὸς εἰς τῆς

διὰ τὴν ἰδιαιτέραν αὐτῆς φύσιν. καὶ ὅτι ἑπομένως τὴν σήμερον, τῆς ἐπε-
ρωτήσεως μὴ ὑπαρχούσης, ἀφανίζεται καὶ τοῦ γενικοῦ κανόνος ἡ ἐφαρμογή,
ἀνάγκη, πρὸς ὑποστήριξιν τῆς γνώμης του, ν' ἀποδείξῃ·

a). Ὅτι ὁ κανὼν συνείχετο μὲ τὴν εἰδικὴν τῆς ἐπερωτήσεως φύσιν, ὅπερ
δὲν εἶναι εὔκολον νὰ ἀποδειχθῇ· καὶ,

β) Ὅτι ἡ ἐπερώτησις δὲν ὑπάρχει τὴν σήμερον· ἡ τελευταία αὕτη πρότα-
σις εἶναι νομίζω ἐν μέρει ἀληθὴς καὶ ἐν μέρει οὔ. διότι εἰς τὴν ἐπερώτησιν
πρέπει νὰ διακρίνωμεν τὸ τυπικὸν (das Formelle) καὶ τὸ πραγματικὸν
(das Materielle) μέρος. Ἴδ. Puchta Ueber das System der Vertræge
Heidelberg 1832. Σ. 33. Τὸ πρῶτον δὲν ὑπάρχει πλέον, τὸ δεύτερον ὅμως,
τὸ ὁποῖον εἶναι καὶ τὸ σημαντικώτερον, ἰσχύει ἔτι, καὶ ἑπομένως εὐπορεῖ νὰ
εἴπῃ τις ἀσφαλῶς, ὅτι ἡ ἐπερώτησις ἀπόλλοτο ἄχρι τοῦδε ἐν μέρει· ἀλλὰ
τῆς γνώμης ταύτης ἡ ἀναίρεσις καὶ καθαίρεσις δὲν ἀνήκει ἐνταῦθα.

(66) Hugo Geschichte des Röm. Rechts. (Ἱστορία τοῦ Ρ. Δ.) Σ. 621
ἐν τῇ ἑνδεκάτῃ ἐκδόσει.

ἀρχῆς του τὴν ἐκπλήρωσιν, ἀπαλλάττεται δι' αὐτοῦ τούτου καὶ ὁ ἕτερος ἀπὸ τὴν ἐκπλήρωσιν τῆς ἰδικῆς του.

Ἐκ τῆς ἑπομένης ἑρμηνείας θέλει γένῃ δῆλον, ὅτι οἱ νόμοι οὗτοι ὄχι μόνον δὲν περιέχουν τί κατὰ τοῦ ἡμετέρου κανόνος, ἀλλὰ ἐν μέρει συνηγοροῦσιν ὑπὲρ αὐτοῦ. Εἶναι δὲ οἱ νόμοι οὗτοι εἰς τὸ Corpus Juris οἱ ἑξῆς·

Βιβλ. 19 τίτλ. 2 διγ. 19 θέμ. 6 διγ. 30 θέμ. ζ καὶ διγ. 33 βιβλ. 17 τίτλ. 2. διγ. 58 θέμ. ι.

Εἰς τὰ βασιλικά.

XX.	1.	19.	Τόμ.	2.	Σελ.	422
XX.	1.	30.	Τόμ.	2.	Σελ.	429
XX.	1.	32.	Τόμ.	2.	Σελ.	430
ΧΗ.	1.	55.	Τόμ.	2.	Σελ	14

Καὶ εἰς τὸν Ἀρμενόπουλον.

Βιβλ. 3 τίτλ. 8 κεφ. 23 καὶ βιβλ. 3 τίτλ. 10 κεφ. 21.

Οἱ τρεῖς πρῶται ὑναφέρονται εἰς τὰς ἐκμισθώσεις (locatio conductio).

Ἀλλ' ἐνταῦθα πρέπει νὰ ἐνθυμηθῶμεν τοῦ συναλλάγματος τούτου τὴν φύσιν. Ἐν τῷ § 9 εἴπομεν ὅτι δι' ἑκάστου συναλλάγματος ἐπιβάλλεται εἰς τὸν ἕνα ἢ καὶ εἰς ἀμφοτέρους τοὺς συμβαλλομένους ἐνοχὴ ἐπὶ ποιήσει ἢ δόσει· παραδείγματα δὲ μᾶς παρέχουσι τὰ συνειθέστερα συναλλάγματα· τὸ τῆς πράσεως καὶ ἀγορασίας, τὸ τῆς κοινωνίας, καὶ τὸ πλῆθος τῶν ἀνωνύμων συναλλαγμάτων. Ἡ ἐκμίσθωσις ὅμως ἔχει τὴν ἰδιότητα ταύτην, ὅτι ὁ ἐκμισθώσας πρᾶγμα ἢ ἐργασίαν ἐπιβάλλει τῷ ἑτέρῳ τῶν συμβαλλομένων τὴν ἐπὶ δόσει τοῦ μισθοῦ συνισταμένην ἐνοχὴν μόνον καθ' ὅσον ἐχορήγησεν καθ' ὁλοκληρίαν τὴν χρῆσιν τοῦ ἐκμισθωθέντος

πράγματος ἢ τὴν ἐκμισθωθεῖσαν ἐργασίαν· ἐντεῦθεν ἕπεται,
ὅτι καὶ ὁ ἐκμισθώσας πρᾶγμα ἢ ἐργασίαν δὲν εἰμπορεῖ πρὸ
τῆς τελείας χορηγήσεως τῆς χρήσεως τοῦ πράγματος νὰ ζη-
τήσῃ τὴν ὑποσχεθεῖσαν ἀντιμισθίαν (67). Μετὰ τὴν ἐξήγη-
σιν ταύτην θέλομεν ἰδεῖ, ὅτι οἱ τρεῖς τὴν ἐκμίσθωσιν ἀφορῶν-
τες νόμοι εἶναι καταληπτότατοι καὶ χωρὶς νὰ περιέχωσί τι
ἐναντίον τοῦ παρ' ἡμῶν τεθέντος γενικοῦ κανόνος. Εἰς τὸ βιβλ.
19 τίτλ. 2. δίγεστ. 19 θέμ. 6 ἀναγινώσκομεν τὴν ἑξῆς
περίπτωσιν· ὁ Ἀ. μισθόνει οἰκίαν δι' ἓν ἔτος καὶ πληρόνει τὸ
ἐνοίκιον ὁλοκλήρου τοῦ ἔτους· μετὰ ἓξ μῆνας ἡ οἰκία ἢ κρα-
μνίζεται ἢ καίεται· ἐνταῦθα, λέγει ὁ Οὐλπιανὸς, εἶναι ὀρθοτάτη
ἡ γνώμη τοῦ νομικοῦ Μελᾶ, φρονοῦντος ὅτι ὁ μισθώσας δύ-
ναται νὰ ἀπαιτήσῃ ἀπὸ τὸν ἐκμισθώσαντα δυνάμει τῆς ἐκ
τῆς μισθώσεως προερχομένης ἀγωγῆς (actione locati) τὸ
ἐν προχρείᾳ δοθὲν ἐνοίκιον διὰ τοὺς ἓξ μῆνας. Ὀρθοτάτη ναί·
ἀλλὰ τίνος ἕνεκα; Ἂν εἰς τὸν Ἀ. ἐπεβάλλετο διὰ μόνου τοῦ
συναλλάγματος ἡ ἐπὶ δόσει τοῦ ἑτέρου μισθοῦ συνισταμένη
ἐνοχὴ, βεβαίως ἔπρεπε νὰ εἴπωμεν, καὶ τοῦτο συμφώνως μὲ
τὴν παρ' ἡμῶν ἐκτεθεῖσαν ἀρχὴν, ὅτι, ἐπειδὴ τὸ ἀντικείμε-
νον τῆς ἐνοχῆς τοῦ μὲν Ἀ. (τὸ ἐνοίκιον) ὑφίσταται, τοῦ δὲ Β'.

---

(67) Glück Erlæuterung der Pandecten Τομ. 17 Σ. 475—477.
Thibaut Pandect. 2. B. S. 63. συγκρ. καὶ τὸν Wæchter im Archiv
f. d. civil. Praxiς 15 B. 2. Heft. S. 203. Ἐὰν ἐπεβάλλετο εἰς τὸν μι-
σθώσαντα, δυνάμει τοῦ συναλλάγματος ἡ ἄμεσος ἐκπλήρωσις τῆς ἐπὶ
δόσει τοῦ μισθοῦ ἐνοχῆς· ὡς εἰς τὸν ἐκμισθώσαντα ἡ ἐπὶ τῇ χορηγίᾳ τῆς
χρήσεως, ἤθελεν εἶσθαι ἀκατανόητον, διατὶ ὁ μὲν μισθώσας νὰ ἠμπορῇ νὰ
ζητήσῃ εὐθὺς τὴν χρῆσιν, ὁ δὲ ἐκμισθώσας, τὸν μισθὸν, μόνον μετὰ τῆς χρή-
σεως τὴν χορηγίαν. Τοιουτοτρόπως μόνον δύνανται νὰ ἐξηγηθῇ ὀρθῶς καὶ τὸ
βιβλ. 19 Τίτλ. 2. διγ. 30 θέμ. 4.

(ἡ τῆς οἰκίας χρᾶσις) οὐχ ὑφίσταται, ὁ μὲν Α. δὲν δύναται νὰ ζητήσῃ τὴν χρῆσιν, ὁ δὲ Β'. δύναται νὰ ἀπαιτήσῃ ὁλοκλήρου τοῦ ἔτους τὸ ἐνοίκιον. Ἀλλὰ διὰ τὴν εἰδικήν τοῦ συναλλάγματος τῆς ἐκμισθώσεως φύσιν, πρέπει νὰ συνάξωμεν διάφορον συμπέρασμα. Ἡ ἐπὶ δόσει τοῦ ἐνοικίου συνισταμένη ἐνοχὴ τοῦ Α., ὑφίσταται μὲν ἀλλὰ μόνον ἀναλόγως τῆς χρήσεως, τὴν ὁποίαν ἔκαμε τῆς οἰκίας τοῦ Β'. Ἀλλαμὴν ὁ Α'. μετεχειρίσθη τὴν οἰκίαν ἐπὶ ἓξ μόνον μῆνας, ἄρα ἡ ἐπὶ δόσει τοῦ ἐνοικίου τῶν λοιπῶν ἓξ μηνῶν συνισταμένη ἐνοχὴ, (ἐνοχὴ τρόπον τινὰ ὑπὸ αἵρεσιν ὑπάρχουσα, καὶ διὰ μόνης τῆς χρήσεως δυναμένη νὰ μεταβληθῇ εἰς ὁριστικὴν) ἐκλείπει διὰ τὴν ἔκλειψιν τῆς χρήσεως, δι' ἧς καὶ μόνης, ἡ τοιαύτη ἐνοχὴ καθίσταται ὁριστική. Τὸ συμπέρασμα τοῦτο δὲν ἀντίκειται εἰς τὸν ἡμέτερον κανόνα, κατὰ τὸν ὁποῖον ἕκαςος τῶν συμβαλλομένων ὀφείλει τὴν ἐκπλήρωσιν τῆς ἐνοχῆς του μόνον καθ' ὅσον τὸ ἀντικείμενον ταύτης δὲν ἠφανίσθη κατὰ τύχην. Εἰς τὴν προκειμένην περίστασιν ἡ οἰκία ἀφανίσθη· ὁ Β'. ἄρα ἀπαλλάττεται τοῦ νὰ χορηγήσῃ τὴν διὰ τοὺς λοιποὺς ἓξ μῆνας χρῆσιν τῆς· ὁ Α. χρεωστεῖ νὰ ἐκπληρώσῃ τὴν ἐνοχήν του, ἀλλὰ μόνον τὴν ἐνοχὴν, τὴν ὁριστικῶς ὑπάρχουσαν, οὐχὶ δὲ καὶ τὴν ἀφορῶσαν τὸ ἐνοίκιον τῶν λοιπῶν ἓξ μηνῶν, ἥτις διὰ μόνης τῆς κατὰ τοὺς μῆνας τούτους χρήσεως τῆς οἰκίας ἤθελε κατασταθῇ ὁριστική. Ὅ,τι δὲ ἐρρέθη περὶ τῆς εἰδικῆς φύσεως τοῦ συναλλάγματος τούτου ἐξάγεται καὶ ἀπὸ αὐτὸν τὸν νόμον, διότι ὁ Οὐλπιανὸς ἀποκαλεῖ ἐνταῦθα τὸν Α. eum qui praerogavit δηλ. ὅστις ἐν προχρείᾳ ἔδωκεν, ὅστις ἐκ προκαταβολῆς ἔδωκεν.

Κατὰ τὸν αὐτὸν τρόπον ἐξηγοῦνται καὶ οἱ δύο ἄλλοι τὸ

αὐτὸ ἀφορῶντες συνάλλαγμα τόρσι, τῶν ὁποίων, τούτου ἕνε-
κα, παρατρέχομεν τὴν ἑρμηνείαν. (68)

(68) Παρατηρητέον ὅμως, ὅτι εἰς τὴν ἐκμίσθωσιν τῆς ἐργασίας ἐκαντά-
μεν ἀποφάσεις ἐναντίας τῆς εἰδικῆς τοῦ συναλλάγματος τρόπου φύσεως·
διότι ἐν ᾧ, καθ' ὅσα εἴπαμεν, ὁ τὴν ἐργασίαν ἐκμισθώσας ἔπρεπε νὰ ἀποκτᾷ
δίκαιον ἐπὶ τοῦ μισθοῦ, μόνον καθ' ὅσον ἐξεπλήρωσε τὴν ἐνοχήν του, ἤτοι
τὴν χορήγησιν τῆς ἐκμισθωθείσης ἐργασίας, εὑρίσκομεν εἰς τὰ δηγεῶντα
δύο νόμους (Βιβλ. 19. Τίτλ. 2. δίγ. 19. ἐδάφ. 9. δίγ. 38.) λέγοντας
ὅτι ὁ ἐκμισθώσας ἐργασίαν εἰμπορεῖ νὰ ἀπαιτήσῃ τὸν μισθὸν δι' ὅλον τὸν
καιρὸν, δι' ὃν ἐμισθώθη, ἂν δὲν ἦτο αὐτὸς αἴτιος (si per eum non stete-
rit) τῆς μὴ ἐκπληρώσεως τῆς ὑποσχέσεώς του, ὅπερ ἔστιν ἐὰν κατὰ τύχην
ἐκωλύθη νὰ πραγματοποιήσῃ τὴν ὑποσχεθεῖσαν ἐργασίαν. Μὰ τολμῶν νὰ
μεταχειρισθῶ φιλολογικὰς τομὰς ἐπὶ νόμων, τῶν ὁποίων τὸ κείμενον εἶναι
καθ' ὅλα τὰ χειρόγραφα τὸ αὐτὸ, δὲν δύναμαι νὰ ἐξηγήσω τὴν ἀνωμαλίαν
ταύτην, εἰμὴ δι' εἰκασίας. Ὁ Οὐλπιανὸς εἰς τὸ Βιβλ. 19. Τίτλ. 5. δίγ. 19.
ἐδάφ. 9 λέγει, ὅτι ἡ εἰρημένη ἀπόφασις πηγάζει ἐκ Διατάγματός τοῦ Αὐτο-
κράτορος Ἀντωνίνου, ὅστις ἀποφαίνεται μὲν, ὅτι ὁ ἐκμισθώσας ἐργασίαν ἠμ-
πορεῖ νὰ ἀπαιτήσῃ τὸν μισθὸν, ἐὰν ἄκων δὲν ἐδυνήθη νὰ πραγματοποιήσῃ τὴν
ὑπόσχεσιν καὶ δὲν ἔλαβε κατὰ τὸν αὐτὸν χρόνον μισθὸν ἀπὸ ἄλλον τινὰ διὰ
τὴν ἐργασίαν του, αἰτιολογεῖ δὲ τοῦτο διὰ τῆς προτάσεως, ὅτι ἡ ἐπιείκεια ὑπαγο-
ρεύει νὰ ἐκτελεσθῇ τοῦ συναλλάγματος ἡ ὑπόσχεσις, ἀλλ. νὰ πληρώσῃ τὸν μι-
σθὸν ὁ τὴν ἐργασίαν μισθώσας· ὁ λόγος ἄρα εἶναι περὶ ἐπιεικείας, ἥτις πολλάκις
μακρύνεται ἀπὸ τὸ δίκαιον· καὶ τωόντι, ἂν ὑποθέσωμεν τὸν Α. ἐκμισθώσαντα
ἑαυτὸν ὡς ὑπηρέτην τῷ Β., τοῦτον δὲ ὑπόχρεωμένον εἰς ἀπουσίαν μακρὰν,
καθ' ἣν δὲν δύναται νὰ συμπαραλάβῃ τὸν Α. καὶ τέλος τὸν τελευταῖον τοῦτον
μὴ εὑρίσκοντα ἄλλον κύριον, ἡ ἐπιείκεια ἀπαιτεῖ νὰ χορηγηθῇ εἰς τὸν Α. ὁ
μισθός του, διότι αὐτὸς μὲν δὲν εἶναι αἴτιος, ὅτι δὲν εἰμπορεῖ νὰ ὑπηρετήσῃ
τὸν Β., τὸ δὲ ταξείδιον τούτου ἐπιφέρει εἰς τὸν πρῶτον, ἐὰν δὲν εὕρῃ κύριον,
τὴν μεγίστην βλάβην. Ὁ Paulus, σύγχρονος τῷ Οὐλπιανῷ, ἀναφέρει εἰς τὸ
Βιβλ. 19. Τίτλ. 2 δίγ. 35 τὴν αὐτὴν ἀπόφασιν, χωρὶς νὰ σημειώσῃ πό-
θεν ἐπήγασεν, ἀλλὰ νομίζω, ὅτι πρέπει νὰ ἀποδώσωμεν εἰς τὴν ἀπόφα-
σιν ταύτην τὴν αὐτὴν αἰτίαν, τὴν ὁποίαν καὶ εἰς τὴν ἀπόφασιν τοῦ Οὐλπια-
νοῦ. Σκεπτόμενοι δὲ τοιουτοτρόπως ἐννοοῦμεν τί παρεκίνησε τοὺς Ρωμαίους
εἰς τὸ νὰ ἀναγνωρίσωσι τὴν ἀνωμαλίαν ταύτην.

· Μεταβαίνομεν τέλος εἰς τὰ βιβλ. ι.η τίτλ. 2 δίγεστ. 5ϕ
θμ. 1. ἐνταῦθα ὁ Οὐλπιανὸς λέγει.

· Item Celsus tractat: si pecuniam contulissemus ad
mercem emendam, et mea pecunia perisset, cui peri-
erit ea? et ait: si post collationem evenit, ut pecunia
periret, quod non fieret, nisi societas coita esset, utri-
que perire, utputa si pecunia, quam peregre porta-
retur ad mercem emendam, periit; si vero ante colla-
tionem, postea quam eam destinasses, tunc perierit,
nihil eo nomine consequeris, inquit, quia non socie-
tati periit. Ὅπερ ἐστιν, κατὰ τὰ Βασιλικὰ XII. 1 55
Τόμ. 2 Σελ. 14.

« Εἰ δὲ χρήματα συνεισηγάγομεν ἐπὶ κοινῇ πραγματείᾳ
καὶ ἀπώλετο τὰ ἐμά, τῇ κοινότητι ἀπώλοντο· εἴ γε οὐκ
ἀπώλλυντο, εἰ μὴ συνέστη ἡ κοινωνία. Εἰ δὲ μετὰ τὸ ἀφο-
ρίσαι με καὶ μήπω συνεισαγαγεῖν ἀπώλοντο, μόνος ζη-
μιοῦμαι· »

Ὁ λόγος εἶναι ἐν τῷ νόμῳ τούτῳ περὶ χρημάτων, τὰ
ὁποῖα συνεισέφερον οἱ κοινωνοὶ, καὶ τὰ ὁποῖα ἀπωλέσθησαν
κατὰ τύχην. Ὁ Οὐλπιανὸς, ἢ μᾶλλον ὁ παρ' αὐτοῦ ἀνα-
φερόμενος Κέλσος, διακρίνει ἐνταῦθα δύο περιστώσεις· ἢ τὰ
χρήματα ἀπωλέσθησαν μετὰ τὴν συνεισφορὰν, καὶ τότε ἀμφό-
τεροι οἱ κοινωνοὶ στεροῦνται τὸ ἐπὶ τὰ χρήματα δίκαιόν των,
διότι μετὰ τὴν συνεισφορὰν, κοινῶν γενομένων τῶν χρημά-
των, ἕκαστος τῶν κοινωνῶν ἔχει ἴσην δίκαιον ἐπὶ τὰ χρή-
ματα, τοῦ δὲ ἀντικειμένου τῶν δικαίων των ἀπωλεσθέντος
ἀμφότεροι στεροῦνται καὶ τῶν δικαίων των αὐτῶν· ἢ τὰ
χρήματα ἀπωλέσθησαν πρὸ τῆς συνεισφορᾶς, καὶ τότε ἐζη-

μιώθη αὐτὰ μόνος ὁ κύριος καὶ μόνος αὐτὸς εἶναι ὑπόχρεως
νὰ δώσῃ ἀλλ᾽ ἀντ᾽ αὐτῶν, διότι κατὰ τὸν γενικὸν κανόνα,
διὰ τοῦ συναλλάγματος τῆς κοινωνίας ἐπεβλήθη εἰς τὸν ἐκ
τύχης ἀπωλέσαντα τὰ χρήματα ἐνοχὴ ἐπὶ τῇ χορηγίᾳ τῆς
προσδιορισμένης χρηματικῆς ποσότητος, εἶναι δὲ γνωστὸν
ὅτι ὁ χρεώστης γένους δὲν ἀπολυτροῦται τῆς ἐνοχῆς, ἐὰν
ἀπωλεσθῇ κατὰ τύχην τὸ ἓν ἢ τὸ ἄλλο εἶδος τοῦ γένους τού-
του, ἀλλὰ μένει πάντοτε ὑπόχρεως νὰ χορηγήσῃ τὸ χρεω-
στούμενον γένος, καὶ ἡ ἐνοχή του αὕτη δὲν παύει εἰ μὴ διὰ
τῆς ἀπωλείας ὁλοκλήρου τοῦ γένους (69). Καὶ ταῦτα περὶ
τοῦ νόμου τούτου. Ἀλλὰ δὲν δύναμαι τῳόντι νὰ κατανοή-
σω ποίαν δύναται οὗτος νὰ ἔχῃ σχέσιν πρὸς τὸν ἡμέτερον
γενικὸν κανόνα, διότι ἐν μὲν τῷ πρώτῳ αὐτοῦ μέρει οἱ κοι-
νωνοὶ ἐκπληρώσαντες ἕκαςος τὴν ἑαυτοῦ ὑποχρέωσιν, κατέ-
στησαν συνδεσπόται τῶν ὁποίων κατέβαλον χρημάτων, καὶ
ἑπομένως, ἐπειδὴ ὁ λόγος εἶναι ἐδῶ περὶ δεσκοτείας, ἐφαρμό-
ζεται ὄχι ὁ ἡμέτερος, ἀλλ᾽ ὁ κανὼν « τοῖς τυχηροῖς ὁ δεσπό-
της ὑπόκειται. » Τὸ δὲ δεύτερον ἐπίσης δὲν ἔχει τὶ κοινὸν
πρὸς τὴν ἀρχήν μας, διότι λαλεῖ περὶ τοῦ χρεώστου γένους·
εἴπομεν δὲ ἤδη (§ 4 σημ. 12) ὅτι καὶ ὁ γενικὸς ἡμῶν κα-
νὼν ἀφορᾷ τὰς ἐνοχὰς τὰς συνισταμένας ἐπὶ χορηγίᾳ εἴδους
καὶ ὄχι γένους.

§ 15.

Ἐφαρμογὴ τῆς ὀρθῆς ἀρχῆς εἰς τὸ τῆς ἐμφυτεύ-
σεως συνάλλαγμα.

Ἐπὶ τέλους δὲν πρέπει νὰ ἀποσιωπήσω τὴν ἰδιαιτέραν τοῦ

---

(69) Thibaut Pandecten Τομ. 2. P. 32.

Βασιλέως Ζήνωνος ἀπόφασιν (70) περὶ τῶν συνεπειῶν τῶν τυχηρῶν ἐπὶ τὸ τῆς ἐμφυτεύσεως συνάλλαγμα. Γνωστὸν εἶναι ὅτι τὰ περὶ τῆς φύσεως τοῦ συναλλάγματος τούτου διεφιλονεικοῦντο μεταξὺ τῶν νομοδιδασκάλων πρὸ τοῦ Ζήνωνος, ἐξ ὧν ἄλλοι μὲν ἐταύτιζον τοῦτο μὲ τὸ τῆς πράσεως, τινὲς δὲ μὲ τὸ τῆς ἐκμισθώσεως συνάλλαγμα. Τὸ περὶ οὗ ὁ λόγος διάταγμα τοῦ Ζήνωνος διέλυσε τὴν ἀμφιβολίαν ταύτην, ἀναγνωρίσαν τὴν ἐμφύτευσιν ὡς ἰδιαίτερον συνάλλαγμα καὶ διέλαβε καθ' ὅσον ἀφορᾷ τὰ τυχηρὰ, ὅτι ἐπὶ τοῦ συναλλάγματος τούτου ὁ κίνδυνος τῆς ἀπωλείας τοῦ πράγματος ὁρᾷ τὸν δεσπότην, δηλ., τοῦ κτήματος ἀπωλεσθέντος, δὲν δύναται πλέον οὗτος νὰ ἀπαιτῇ τὸν κανόνα (ἤτοι τὴν ἐτησίαν διὰ τὸ τῆς ἐμφυτεύσεως δίκαιον πληρωμήν). ἀλλὰ, χειροτερεύσαντος μόνον τοῦ κτήματος κατὰ τύχην, ὑποφέρει τὸν κίνδυνον ὁ ἐμφυτευτὴς, ὅστις δηλ. εἶναι ὑπόχρεως νὰ παρέχῃ καὶ μετὰ τὴν χειροτέρευσιν τοῦ πράγματος ὁλόκληρον τὸν διομολογηθέντα κανόνα· ἐν ἄλλαις λέξεσιν, ὁ Βασιλεὺς ἐφήρμοσεν εἰς τὸ ἐμφυτευτικὸν συνάλλαγμα (71) τὸν γενικὸν κανόνα, ὃν τρόπον οἱ πρὸ αὐτοῦ Νομικοὶ ἐφήρμοσαν αὐτὸν εἰς τὸ τῆς ἐκμισθώσεως συνάλλαγμα.

---

(70) Βιβλ 4. Τίτλ. 66. διάταξ. ι. καὶ Βασιλ. XXII. 2. 1. Τόμ. 2. Σ. 491.

(71) Ἴδε καὶ ὅσα λέγει περὶ τῆς διατάξεως ταύτης τοῦ Ζήνωνος, ὁ Wæchter, im Archiv für civilist. Praxis. Τόμ. 15. Τιτρ. 2. Σελ. 205. 206.

ΤΕΛΟΣ.